KB113776

# 불사지존
### 녹룡 新무협 판타지 소설
#### FANTASTIC ORIENTAL HEROES

# 불사지존 5

녹룡 新무협 판타지 소설

초판 1쇄 찍은 날 § 2014년 2월 14일
초판 1쇄 펴낸 날 § 2014년 2월 21일

지은이 § 녹룡
펴낸이 § 서경석

편집부장 § 권태완
편집책임 § 박은정

펴낸곳 § 도서출판 청어람
등록번호 § 제1081-1-89호
등록일자 § 1999. 5. 31
어람번호 § 제2-2462호

주소 § 경기도 부천시 원미구 심곡2동 163-2 서경B/D 3F (우) 420-822
전화 § 032-656-4452팩스 § 032-656-4453
http://www.chungeoram.com
E-mail § chungeorambook@daum.net

ISBN 978-89-251-3722-3 04810
ISBN 978-89-251-3568-7 (세트)

# 불사지존

녹룡 新무협 판타지 소설

FANTASTIC ORIENTAL HEROES

**5**

도서출판 청어람

불사지존 不死至尊

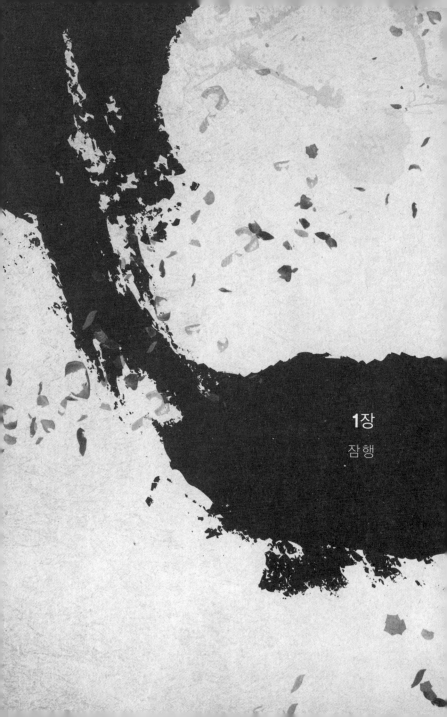

**1장**

잠행

산맥은 고요했다.

밤이 짙어지면서 밤벌레조차 울음을 거뒀다. 긴 울음에 지쳐 그들도 잠에 든 것이다.

모두가 잠든 시각 오로지 한 사람만이 자리를 뒤척거렸다.

바로 청월이었다.

'하아, 큰일인데.'

그는 좀처럼 눈을 붙이지 못했다. 잠에 들고 싶었지만 머리를 비우는 일이 무척 힘들었다.

상황을 생각하면 쉴 수 있는 것은 지금뿐이었다.

몇 시진 후엔 변장을 하고 마령교도들 속에 녹아들어야 했다.

그 어느 때보다도 숨 막히고 긴장된 시간이 펼쳐질 게 분명했다.

'어쩔 수 없지.'

청월은 팔베개를 한 채로 달을 응시했다.

꾸역꾸역 잠을 자려고 해봤자 소용이 없으니 아예 포기한 것이다.

가만히 달을 보고 있자니 갖가지 생각이 떠올랐다.

가장 먼저 떠오른 인물은 두 명이었다.

한 명은 제갈선이었고, 다른 한 명은 백예린이었다.

천하맹에 흑룡회를 습격했다고 하니 그 둘도 분명 토벌단에 포함이 됐을 것이다.

서장에 무사히 도착하면 두 사람과도 재회할 수 있으리라.

'뭐, 그전에 산맥부터 넘어야 하겠지만.'

앞서가는 마음에 그저 웃음이 나왔다.

생각이 깊어질수록 가족을 비롯한 지인들의 얼굴이 달에 비춰졌다.

그들과의 추억을 곱씹는 것만으로도 충분히 마음에 위로가 되었다.

예전부터 지금까지 그는 혼자가 아니었다.

그리고 그것은 앞으로도 변하지 않을 것이다.

그들을 지키기 위해서라면 청월은 몇 번이고 검을 들 것이다.

"청 소저도 잠이 안 오시나보죠?"

"……."

청연화는 고양이처럼 몸을 구부린 채로 청월과 등을 맞대고 있었다.

살을 대고 있는 만큼 움직임이 고스란히 느껴졌다. 그녀는 한 식경 전부터 몸을 꿈틀대고 있었다. 도중에 잠을 깬 것이 분명했다.

"억지로 잘 필요 없어요."

"…네."

청연화가 조용하게 대답을 했다. 그녀 역시 곧 달구경에 동참했다.

가만히 내려앉은 정적과 보석 같은 달빛.

그 자리에 다른 말은 필요치 않았다. 두 사람은 그저 정경에 취한 채 이를 즐기면 그만이었다.

시간이 얼마나 지났을까.

청연화가 가만히 청월을 끌어안았다. 등 뒤에서 느껴지는 뭉클한 느낌에 정신이 번쩍 들었다.

"자, 잠깐."

"오늘은… 이러고 있으면 안 될까요?"

"갑자기 그런 말을……."

"청월 공자는 그런 순간이 없나보죠?"

청연화가 배시시 웃으며 말을 이었다.

"누군가와 피부를 맞대고 체온을 느끼고 싶은 마음이요."

그녀는 그렇게 말하고 더욱 몸을 가까이 했다.

이제는 그녀의 숨소리마저 손바닥에 쥘 수 있을 것 같았다.

"말해보세요? 정말 그런 순간이 없나요?"

"없다고 하면 거짓말이겠죠."

청월이 작게 고개를 끄덕였다.

살을 맞대는 일은 중요한 일이다.

그것은 비단 어린아이에게만 국한되는 일도 아니었다. 피부를 접촉한다는 것은 그 사람과 정을 나눈다는 것이고 동시에 마음을 나눈다는 것이다.

몸이 가까워지면서 마음에 친밀감을 느낄 수도, 친밀한 감정이 육체적 접촉으로 표현될 수도 있다.

어느 쪽이든 사람에게 필요한 일이라는 건 부정할 수 없었다.

"특히 지금 같은 상황에선 더더욱 그렇겠죠?"

"네."

부정할 수 없었다.

청월조차 초조한 판국에 그녀의 심정은 얼마나 오그라들 었을까.

이를 먼저 헤아리지 못한 건 어쩌면 그의 불찰일지도 몰랐 다.

청연화가 청월을 끌어안은 지 반각이 된 시점.

'나도 안심이 되는구나.'

청월은 자신도 모르게 미소를 지었다.

마령교를 걱정하고, 내일을 걱정하던 마음이 눈 녹듯이 사 라졌다.

청연화에 따스함이 마치 이를 사르르 녹이고 있는 것만 같 았다.

걱정을 떨치니 눈꺼풀도 점점 무거워졌다.

청월은 곧 꿈의 세계로 빠져들었다.

"벌써 잠들었어요?"

청연화가 한마디 했다.

그녀의 말에 청월은 미동조차 하지 않았다. 현실을 두고 머 나먼 꿈나라로 떠난 게 분명했다.

그녀는 청월의 머리를 무릎에 올려두고 머리를 쓸어주었 다.

"당신은 너무 순수해서 탈이에요."

청연화의 얼굴에 차가운 미소가 어렸다. 달빛에 비친 얼굴에 한쪽도 시리도록 빛났다.

"뭐, 그런 점 때문에 일이 좀 더 쉽게 풀릴 수도 있겠지만
요."

그녀는 뜻 모를 말을 중얼거렸다.

달도 별도 그 뜻을 알지 못해 입을 다물었고 오로지 바람만
이 의미를 되묻듯이 휑한 소리를 뱉어냈다.

"끝까지 날 지켜주세요. 분명 재미있는 일이 벌어질 테니
까요."

그녀의 웃음과 함께 밤이 깊어갔다.

*    *    *

그날 오전.

청월과 청연화는 한자리를 쭈욱 지켰다.

그들은 암석이라도 된 것처럼 미동이 없었고 숨소리조차
조심스러웠다.

두 사람의 눈이 고정된 곳, 백 보 거리에는 마령교도들이
존재했다.

그들은 흑의에 복면을 착용했는데 독수리 같이 날카로운
시선으로 주변을 훑었다.

'대충 감이 잡히는군.'

청월이 작게 고개를 끄덕였다.

그들이 이른 시간부터 잠복했던 이유는 한 가지뿐이었다.

바로 마령교들의 동선과 수를 파악하기 위함이었다. 두 시진의 관찰 후 어느 정도 필요한 정보를 얻었다.

마령교도는 기본적으로 칠인 일조였다.

흑륜지망 특유의 원을 완성하면 앞 조를 밀어내며 자리를 바꿨는데, 현재 산맥의 칠 할 정도를 포위한 듯 보였다.

[가볼게요.]

청월은 전음을 날린 뒤 조심스럽게 몸을 일으켰다.

적의 동태를 알았으니 이젠 행동할 차례였다.

'단번에 처리한다.'

청월은 굳은 얼굴로 마령교도들과 자리를 좁혔다.

습격이 지지부진해지면 주변에 적까지 우르르 몰릴 것이다. 그러면 탈출의 희망은 완전히 날아가는 셈이다.

그는 고목에 몸을 숨긴 뒤 거리를 쟀다.

백 보, 오십 보, 사십 보, 이십오 보.

'지금이다.'

때를 잡은 청월이 화살처럼 쏘아졌다.

그는 쾌속의 신법인 질풍신법을 펼치며 적에게 접근했다.

그가 발을 놀릴 때마다 흉포한 바람이 불었고 이것이 곧 마령교도들에게 닿았다.

"저… 적이……."

"크, 크윽."

마령교도들은 말을 다 잇지 못했다.

그들이 청월을 발견했을 때는 이미 늦었다. 청월은 그들의 심장부로 파고들어 검을 길게 휘둘렀다.

"월풍섬."

담담한 외침과 함께 허공에 커다란 궤적이 그려졌다.

풍압으로 발생한 예기에 마령교도들은 오 장 가까이 나동 그라졌다.

청월은 질풍신법을 다시 밟으며 그들의 혈을 모두 제압했다.

모든 일은 눈 깜빡할 사이에 진행됐다.

습격이 성공하자 청연화가 이쪽으로 접근했다.

"이제 변장을 하죠."

"네."

두 사람은 체형이 비슷한 마령교도들과 옷을 바꿨다. 그리고 그들에겐 자신들의 옷을 입히고 미리 준비한 땅굴에 눕혔다.

숲을 샅샅이 뒤지지 않으면 찾지 못할 곳이었다.

"이제 누워 계세요."

청월의 말에 청연화가 바닥에 누웠다.

그들은 습격당한 마령교도들의 틈바구니에 끼기로 했다. 지금 상황에서 할 수 있는 위장은 그것뿐이었다.

"이제 마무리를 지어볼까?"

청월은 목을 꺾은 뒤 검에 공력을 불어넣었다. 그러자 검에서 새파란 공력이 피어올랐다.

검을 휘두르자 주먹만 한 검강이 인근 암벽을 때렸다.

쾅쾅쾅쾅쾅쾅쾅!

검강과 돌이 충돌하면서 폭음이 터졌다.

이만한 소리라면 인근에 있는 무사들은 모두 들을 수 있으리라.

청월은 애초에 검강을 일부러 뿌렸다.

소란을 피워야 마령교도들에게 녹아드는 것이 더욱 자연스럽기 때문이다.

그는 곧바로 청연화의 곁에 누웠다.

"적이다! 적이 나타났다!"

"중턱 부근에서 소음이 들렸다. 망을 유지한 채 모여."

말소리와 함께 마령교도들이 우르르 몰려왔다.

검강을 뿌린 지 반각도 되지 않았건만 일사분란하게 접근한 것이다.

흑류지망의 끈끈함을 확인할 수 있는 모습이다.

마령교도들 대부분이 근처에 포위망을 만들었으며 일부인

원이 그들에게 접근했다.

그들은 쓰러진 대원들을 살핀 뒤 의식을 차리게 도왔다.

"정신이 좀 드는가?"

"…면목이 없군. 일수(一手)에 모두 당했어."

청월이 속한 칠조의 조장 흑면목. 그는 다른 조의 조장과 눈을 마주치지 못했다.

상대에게 너무나 완벽하게 제압당했던 탓이다.

"삼귀존과도 대등하게 싸웠던 놈이야. 자책할 필요 없네."

"……."

"사상자는 없고 수하들의 부상도 경미하니 곧바로 륜을 형성해 주게."

동료의 말에 흑면목이 고개를 끄덕였다.

흑면목은 조원들을 상태를 살핀 뒤 일렬로 정렬시켰다. 그의 눈빛은 좀 전과 달리 얼음장처럼 차가웠다.

"두 번의 실수는 없다. 도주로 부근에 다시 진형을 짠다."

"존명."

수하들은 무릎을 꿇은 뒤 주먹을 왼쪽 가슴에 댔다.

상관의 명령을 절대적으로 따르겠다는 마령교의 예식이었다.

청월과 청연화는 아무렇지도 않게 이를 따라했다.

봐요. 내 말이 맞죠.

문득 마주친 청연화의 눈은 그렇게 말하고 있는 것 같았다.

흑면목이 이동하면서 조원들이 우르르 뒤를 쫓았다.

두 사람 역시 그들 속에 자연스럽게 녹아들었다.

*　　　*　　　*

마령교도로 잠복한 지도 이틀이 다 되었다.

처음의 우려와 달리 두 사람은 놀라울 정도로 적과 동화했다.

청연화를 통해 마령교의 지식을 얻고, 고도의 집중력과 연기력이 함께 발휘됐던 탓이다.

정체가 발각되는 순간 목이 달아날 테니 신중하고 또 신중할 수밖에 없었다.

'어쩌면 이쪽이 더 편하구나.'

청월은 잠복한 상태에서 딴생각을 했다.

처음 위장했을 때는 어지럽고 속이 울렁이기까지 했다.

특히 그를 가장 괴롭혔던 건 복면이었다.

복면을 쓰고 있으면 숨을 쉬기 불편했고 땀이 나서 얼굴이 간질거렸다.

마음 같아서는 당장 벗고 싶었지만 그랬다가는 죽기 딱 좋았다.

다행히도 난제는 금세 극복할 수 있었다.

'좋게 생각하는 거야 모든걸.'

발상을 백팔십도 뒤집고 난 뒤에야 마음이 편해졌다. 오히려 지금 상황을 축복으로 여기기 시작한 것이다.

복면을 쓰고 있으면 표정을 읽히지 않아 좋았다. 적과 함께하는 것이 불안하지만 쫓기는 것보다는 오히려 이쪽이 마음이 편했다.

마음을 바꾼 후부터는 반대로 위장을 즐기게 된 그다.

'청 소저도 잘해주고 있고 말이야.'

청월의 시선이 조금 떨어진 곳에 청연화를 향했다.

그녀 역시 제 몫을 잘해주고 있었다.

가끔 신법을 쓰며 이동할 때가 있는데 그 힘든 시간을 잘 버텨주었다. 그리고 가끔 힘을 내라며 청월의 손을 꼭 붙잡아줄 때도 있었다.

여러모로 대단한 여인이라고밖에 볼 수 없었다.

'내일이면 결판이 난다. 반드시 서장에 닿고 말겠어.'

청월은 슬쩍 산허리를 응시했다.

내일이면 그들이 속한 칠조는 산 아래로 내려간다.

마령교도들은 이를 종렬이동이라 불렀는데, 삼 일에 한 번씩 망의 구성원을 완전히 바꾸는 일이었다.

이를 이용하면 위험 없이 산맥을 통과할 수 있었다.

두 사람 입장에선 손도 안 대고 코를 푸는 일이었다.

생각에 잠긴 사이 다른 조원들이 접근했다. 한 시진에 한 번씩 있는 횡렬 이동이었다.

"다음 진형으로 이동한다."

흑면목이 앞장섰다.

이에 칠조의 인원이 신법을 밟으며 자리를 벗어났다.

'저곳인가?'

청월의 시선이 문득 산맥 아래를 향했다.

그곳에는 커다란 전각과 더불어 여러 건물이 다닥다닥 붙었다.

겉보기에도 심상치 않은 이곳이 바로 철혈문의 본거지였다.

마령교와는 또 다른 의미로 공포의 장소였다.

오솔길을 벗어나자 철혈문은 곧 신기루처럼 사라졌다.

일각 후 개울이 보이는 공터에 자리 잡았다. 모처럼 쉬는 공간에 도착한 것이다.

으적으적.

조원들은 너 나 할 것 없이 육포를 꺼내 씹었다.

잠복 중에는 음식을 섭취할 수 없었다.

게다가 휴식은 하루에 한 번 있으니 이 시간을 잘 활용해야 했다.

나머지 인원은 무기를 장비하거나 개울물로 목을 축였다.

청월도 갈증을 느껴 개울로 향했다.

양손으로 물을 한 움큼 뜨고 입에 넣으려는 순간, 그의 얼굴이 딱딱하게 굳었다.

보고야 말았다.

온몸에 가득한 죽음을 보고야 만 것이다. 순간 가슴이 배 깊숙한 곳까지 철렁 내려앉았다

'왜지? 또 문제가 있다는 건가?

청월은 넋을 잃은 채로 손에 담긴 자신을 응시했다.

죽음은 시시각각으로 불어났으며 오늘 내일이라도 몸을 집어삼킬 것 같았다. 하나 청월은 도무지 이를 이해할 수가 없었다.

위장은 완벽했고 내일이면 산맥을 벗어날 수도 있었다.

대체 무엇이 목숨을 앗아간단 말인가.

충격에 빠진 사이 한 중년인이 성큼성큼 공터로 접근했다.

청월에게 상처를 입은 수라검 용해였다. 그의 등장에 조원들이 일사분란하게 줄을 맞췄다.

"그 쥐새끼를 놓쳤다는 게 너희냐?"

용해의 얼굴이 새빨갛게 달아올랐다.

얼굴을 가로지른 상처가 금세라도 팔딱 뛰쳐나올 것 같았다.

그가 공력을 뿜어내자 공기까지 무겁게 가라앉았다. 용해는 마치 한 마리의 성난 용과 같았다.

"수하를 관리하지 못한 제 책임입니다."

흑면목이 고개를 떨어뜨렸다.

"네 죄는 잘 알고 있구나. 하지만 마령교의 처벌 규정은 그리 녹록하지 않다."

용해가 빠득빠득 이를 갈았다. 그리고 칠조 인원을 잡아먹을 듯이 노려보았다.

분했다.

이들이 청월을 코앞에서 놓쳤다는 사실이 분했다. 제대로 시간을 벌었다면 지금쯤 그놈의 심장을 움켜쥘 수도 있었다.

'개자식! 네놈의 육신을 반드시 갈아버릴 테다.'

용해는 흉터를 더듬으며 분노를 키웠다.

감히 마령교의 귀존인 그의 얼굴에 상처를 남기다니. 그 대가는 열 곱절로 돌려주고 말 것이다.

"적을 놓친 너희는 모두 즉결심판이다."

용해의 말이 메아리처럼 퍼졌다.

이에 조원들은 믿을 수 없다는 듯 서로를 바라보았다.

그 말인즉슨 용해가 이 자리에서 칠조원들을 모두 학살한다는 뜻이었다.

'이놈이… 저승사자인가?'

청월은 얼굴을 찌푸리며 용해를 응시했다.

하는 짓을 보며 조원들을 죽여도 이상하지 않을 상황이었다. 어쩌면 청월의 죽음은 용해와 연관이 있을지 몰랐다.

터벅터벅.

용해가 왼쪽 행렬 끝에 자리했다. 즉, 청월과 마주보는 형태가 된 것이다.

"하지만 이번만큼은 본보기를 보여주는 걸로 끝내주지."

용해의 얼굴에 사악한 미소가 어렸다.

이를 본 조원들은 모두 등골이 서늘해졌다. 수라검 용해는 무엇이든 한다면 하는 사내였다.

"……."

청월과 용해의 시선이 마주쳤다.

청월은 곧바로 눈을 내리깐 뒤 생각을 정리했다.

고요하던 심장이 질주를 시작했고 이마에선 식은땀이 흘렀다.

지금은 형상문이 공격했을 때와는 조금 상황이 달랐다. 무엇보다도 그때는 죽음이 뜨지 않았다. 그래서 약간 호기를 부려 장법을 맞았었다.

하나 현 상황은 그때와 비교할 수가 없었다.

'판단을 해야 해.

청월은 고민을 하고 고민을 했다.

가장 중요한 것은 자신의 저승사자가 누구인지 확인하는 것이었다.

용해가 저승사자라면 청월은 반격을 해야 했다. 정체가 밝혀지기는 하겠지만 그렇다고 순순히 죽어줄 수는 없는 노릇이었다.

게다가 발도술로 기습을 한다면 오히려 그가 이득을 취할 수도 있었다.

도망치는 데 유리한 상황이 되는 것이다.

문제는 용해가 청월의 저승사자가 아닐 수도 있다는 점이었다.

그럴 경우 그는 괜히 상황을 복잡하게 만드는 것이 된다.

스스로 정체를 밝힌 뒤 흑륜지망에 뛰어드는 꼴이라고 할까.

갈등을 하는 사이에도 시간은 흐르고 흘렀다.

그를 향한 용해의 시선도 더욱 깊어져만 갔다.

"됐다. 조무래기를 탓할 수는 없지."

용해는 그렇게 말하고 흑면목의 앞에 섰다.

휘이이이이익.

바람 소리와 함께 검이 날카로운 빛을 토해냈다. 용해가 수라검을 출수한 것이다. 잠시 후 툭 하는 소리와 함께 무언가가 떨어졌다.

흑면목의 왼쪽 귀였다.

주변 무사들은 간신히 손으로 입을 막았다.

"귀존의 관대함에 감사드립니다."

흑면목이 무릎을 꿇으며 포권을 했다.

수라검의 악명을 생각하면 이 정도는 처벌 수준에 끼지도 못했다.

"같은 일이 다시 벌어진다면 너희들 모가지가 떨어질 것이다. 명심하도록."

용해는 검을 거둔 뒤 공터를 벗어났다.

그가 사라지자 공터를 짓누르고 있던 압박감이 사라졌다. 그의 존재감이 그만큼 강력했던 탓이다.

"괜찮으십니까?"

"저희들 때문에 조장님이……."

수하들이 흑면목에게 붙기 시작했다.

하나 청월은 이를 무시하고 개울로 향했다. 지금 그에겐 해결해야 할 절대명제가 있었다.

'역시 끝난 게… 아니군.'

청월은 허탈한 미소를 지으며 물에 비친 자신을 응시했다.

죽음은 좀처럼 그를 놔주지 않았다.

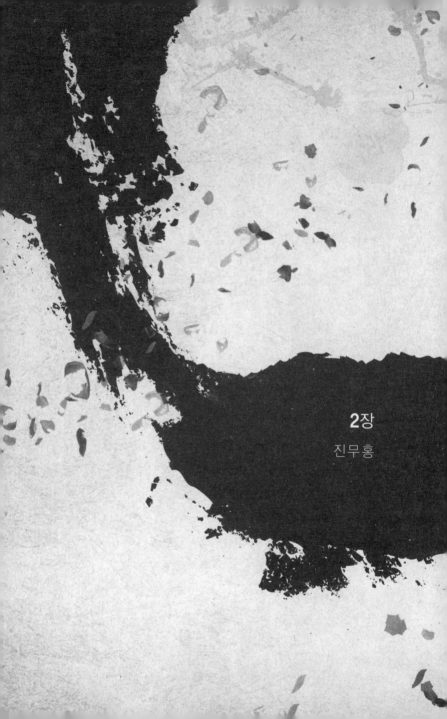

**2장**

진무홍

터벅터벅.

한 청년이 산맥을 오르고 있었다.

그는 혈혈단신이었지만 무척이나 여유로워 보였다.

얼굴에는 미소가 걸렸으며 이따금 휘파람을 불기까지 했
다.

청년의 이름은 진무홍, 마령교의 교주였다.

그는 흑룡지망을 유유히 돌파한 뒤 집결지에 도착했다.

집결지는 하산로의 중간쯤에 위치했는데, 청월을 쫓던 십
귀존을 비롯해 절정급의 무사와 추적견들이 대기하고 있는

장소였다.

"교주님께서 직접 오실 줄은 몰랐습니다."

거령도 대만운이 무릎을 꿇으며 인사했다.

교주가 만천문을 나선 것은 처음 있는 일이었다. 그로 인해 수하들 모두가 긴장 상태였다.

"간만에 바람을 쐬려고 나왔다. 그리고……."

진무홍이 뜸을 들인 뒤 말을 이었다.

"이 지역은 본래 마령교의 영역이었어. 각오를 다지기에도 좋은 장소지."

"옳으신 말씀입니다. 그럼 이쪽으로."

대만운이 앞장섰다.

그들은 천막에 자리를 잡았는데 곧 수하가 차를 내왔다.

침묵이 깊어지는 가운데 대만운은 어찌할 줄을 몰랐다.

아무리 생각하도 교주의 행차를 반가워할 수가 없었다. 상관이 현장까지 왔다는 건 나쁜 징조였다.

"면목이 없습니다. 언질을 주셨는데도 녀석들을 놓쳤습니다."

대만운이 먼저 운을 뗐다.

만천문에서 청월과 청연화를 놓쳤던 일을 꺼낸 것이다.

거기서 실수를 하지 않았다면 흑륜지망을 펼칠 일도 없었으니까 말이다.

"됐다. 지나간 일은 어쩔 수 없으니까."

진무홍이 대수롭지 않다는 듯 손짓을 했다. 송곳 같은 질책을 생각했건만 뜻밖에 반응이었다.

"그보다 추적은 제대로 하고 있는 건가?"

"네, 오늘부터 흑룡지망이 완벽하게 형성되었습니다."

"그거 이상한 말이군. 흑룡지망이 완성됐는데 어째서 그놈을 붙잡지 못했지?"

진무홍이 시선이 대만운에게 고정되었다.

망이 완성됐다는 건 마령교가 완벽하게 산을 장악했다는 뜻이다. 그럼에도 상대를 포획하지 못했다는 건 있을 수 없었다.

"그… 그것이."

대만운이 땀을 훔친 뒤 말을 이었다.

할 말은 어젯밤부터 모두 준비했다. 하지만 교주의 눈빛을 보니 머릿속이 텅 비어버렸다.

"사실은 이틀 전에 녀석들과 교전이 있었습니다. 녀석들은 조원을 습격하고는 곧바로 자취를 감췄습니다."

"그다음은?"

"그 이후로 행적이 묘연합니다. 아마도 방법을 찾지 못하고 은신한 듯합니다."

대만운이 재빠르게 말을 이었다.

"시간은 마령교의 편입니다. 그놈들이 서장에 가지 못한다면 천하맹과 흑룡회가 기어이 피를 토하지 않겠습니까? 교주님의 손아귀에 중원이 떨어지는 것도 시간문제입니다."

"……."

대만운의 말에 허점은 없었다. 그럼에도 진무홍의 표정은 밝아질 줄 몰랐다.

그는 탁자에 놓인 차를 들이켠 뒤 눈썹을 찡그렸다.

심경이 불편할 때 보이는 행동이었다.

"우회로는 확인했나?"

"네, 광산에 땅굴 같은 것이 있나 봤지만 그런 것은 전혀 없었습니다."

"…너무 쉽군."

진무홍이 한마디 했다.

흑륜지망을 펼쳤으니 놈이 잡히는 것은 시간문제였다.

전성기 때의 인원은 동원하지 못했지만 이만하면 제아무리 고수라도 당할 수밖에 없었다.

탁탁탁탁.

진무홍의 검지가 탁자를 두들겼다.

이상하게도 본능이 계속 위험 신호를 보냈다.

이대로는 안 된다고. 무엇인가 풀어야 할 것이 있다며 그를 자극했다.

청연화가 곁에 있다고는 하지만 그것만으로 안심할 수는 없었다.

"놈에 대한 정보는 모았나?"

"네."

대만운이 준비했던 서첩을 건넸다. 이를 읽는 진무홍의 표정이 점차 굳어졌다.

"어린놈이 제법 경력이 화려하군."

"그렇습니다. 쌍검술을 사용하는데다 화룡천과도 일대일을 벌였다고 합니다. 무시할 수 없는 상대입니다."

"…그리고 한 가지 특이한 사실이 있군."

진무홍의 시선이 서첩 한 곳에 멈췄다.

"이 녀석 무인검을 쓰는 게 확실한가?"

"네, 천하맹에 심었던 간자의 말로는 항상 무인검을 착용했다고 합니다.

날이 없는 검을 사용한다라.

어쩐지 청월이란 놈의 습성을 알 것 같았다.

서첩을 좀 더 읽어보니 흥미로운 사실이 있었다.

바로 이틀 전 산맥에서 있었던 습격사건이었다. 청월은 망을 펼치던 칠조를 공격한 뒤 자취를 감췄다.

"이때 사상자는 없었나?"

"몇몇이 부상을 입기는 했지만 죽은 인원은 없습니다."

"불살(不殺)파 라면 이야기가 편해지겠군."

진무홍이 처음으로 웃었다.

어쩌면 그의 방식으로 청월을 잡을 수 있을 것 같았다. 그에겐 타인과는 다른 특별한 능력이 있으니까 말이다.

'게다가 이놈 어쩌면…….'

문득 한 가지가 생각이 번뜩였다.

그동안 깊이 고민해 보지 않았지만 충분히 그런 일도 벌어질 수 있었다. 세상에 이치란 것은 하나가 있으면 둘도 있을 수 있는 법이다.

모든 것은 내일이면 확인할 수 있으리라.

화르르르륵.

공력을 불어넣자 들고 있던 서첩이 타올랐다. 그는 불덩이를 던진 뒤 자리를 박찼다.

"지금부터 세 조씩 이곳으로 불러라."

\* \* \*

꿈이다.

이건 분명 꿈이다.

몇십 년이 넘게 반복돼 누렇게 해져야 할 꿈이다. 하지만 악몽은 오늘도 너무나 선명했다. 잊고 싶어서 한껏 몸부림을

쳤지만 소용없었다.

마령교의 교주인 그도 꿈속에서 만큼은 힘을 쓰지 못했다.

진무홍은 무력했던 열 살 무렵으로 돌아갔다.

후덥지근한 여름 밤.

하늘에는 넉넉한 보름달이 걸렸고 쓰르라미 울음소리가 운치 있게 흘렀다.

어린 진무홍은 열심히 무공 수련 중이었다.

"야아아압."

기합과 함께 힘차게 손바닥을 뻗었다.

벌써 삼백 번도 넘게 손을 질렀지만 질리거나 힘들지는 않았다.

오히려 온몸을 적신 땀과 강렬한 고통이 자랑스러울 정도였다.

그는 바로 칠 일 전 혈혼십사장을 배웠다.

혈혼 십사장은 마령교에 전해지는 비급으로 교주와 차기 교주만이 배울 수 있었다.

대성을 할 경우 상대를 공중분해할 정도로 강력한 장법이었다.

얼마나 시간이 지났을까.

진무홍도 결국 한숨을 쉬며 철퍼덕 땅바닥에 주저앉았다.

마른입에서는 단내가 넸으며 팔은 사시나무처럼 떨기에

바빴다.

"반드시 대성하고 말 거야."

진무홍은 달을 보며 맹세했다.

교주인 진무귀는 그의 능력을 높이 샀고 전례 없이 빠른 시기에 비기를 알려주었다.

아버지의 기대에 부응하기 위해서라도 꼭 혈혼십사장의 끝을 보리라.

휴식을 하는데 인기척이 느껴졌다.

달빛 아래 모습을 드러낸 건 어머니 빙해련이었다.

"어머님, 오셨습니까?"

진무홍이 벌떡 일어나 인사했다.

아들의 그런 모습에 빙해련은 그저 웃고 말았다.

남편도, 아들도 약한 모습을 보여주는 것을 극히 꺼렸다. 핏줄이라는 것은 성격도 닮는 모양이다.

"벌써 해시란다. 그만 자야지."

"한 시진만 더 연습하고 갈게요."

"욘석아, 어제도 그렇게 말해놓고 밤을 셌잖아."

빙해련이 진무홍의 머리를 콩 쥐어박았다. 이에 진무홍이 바보처럼 웃고 말았다.

"헤헤헤. 알고 계셨어요?"

"물론이지. 모든 일이 그렇지만 단기간에 무리하면 나중에

크게 고생하는 법이란다. 오늘은 그만 들어가자꾸나."

빙해련이 손을 내밀었다.

가늘고 하얀 손은 그야말로 섬섬옥수라는 표현이 딱 들어 맞았다.

거기에 달빛이 손을 비추니 보석처럼 눈이 부셨다.

"네, 오늘은⋯⋯."

진무홍은 말을 다 잇지 못했다.

도무지 있을 수 없는 일이, 있어서는 안 되는 일이 벌어지고 만 것이다.

휘이이이이익.

파공성과 함께 한줄기의 낫이 허공을 갈랐다.

공력이 담긴 낫은 단번에 빙해련의 목을 날려 버렸다. 워낙 불식간에 일어난 일이라 그녀의 얼굴에도 경악이 감돌았다.

목은 툭 하고 바닥에 떨어졌으며 그 자리에서 피가 분수처럼 솟구쳤다.

"⋯⋯."

진무홍은 돌처럼 굳었다. 어머니를 부축했지만 어디를 봐야 할지 몰랐다. 목은 바닥에 있었고 몸은 그의 품에 있었으니까 말이다.

"피⋯⋯."

목줄기에서 뿜어진 피가 왼쪽 눈에 스며들었다.

뜨거운 느낌과 함께 시야가 빨갛게 물들었다. 문득 바라본 보름달도 피처럼 붉었다. 세상에서 단 한 번도 본 적 없던 적월이 하늘에 걸렸다.

그는 뒤늦게 목소리를 냈다.

"으아아아아아악."

꿈과 현실에서 같은 비명이 터졌다.

진무홍은 식은땀을 흘리며 몸을 일으켰다.

몇십 년째 반복하는 꿈이건만 오늘도 당하고 말았다. 아무리 입을 꼭꼭 닫아보아도 절규는 기어코 목구멍을 찢고 튀어나왔다.

"빌어먹을."

그는 숨을 고르며 감정을 조절했다.

심장은 달아날 것처럼 쿵쾅거렸고 손끝이 미세하게 떨렸다.

마령교주인 그가 한낱 꿈에 흔들리는 이유.

그것은 꿈이 그저 단순한 꿈이 아니었기 때문이다. 그의 꿈은 꿈이었지만 동시에 어릴 적의 현실이었다.

즉, 꿈속의 모든 것은 그가 실제로 경험한 일이다. 이상한 것은 어머니가 죽던 모습만 계속 반복되고 있다는 점이었다.

"빌어먹을!"

기어코 주먹으로 탁자를 두들겼다. 그 힘을 이기지 못한 탁자가 단번에 쪼개졌다.

"무슨 일이 있으십니까?"

"불편하신 것이라도……."

주변에 있던 무사 몇몇이 천막 안으로 들어왔다.

수하들에게 이런 모습을 보인 것은 처음이었다. 진무홍은 불편한 표정으로 손짓을 했다.

"별일 아니니. 꺼져라.

"네, 알겠습니다."

무사들이 사라진 뒤 그는 옷을 갈아입고 밖으로 나왔다.

지금 기분으로는 도저히 더 쉴 수가 없었다. 당장 악몽을 떨쳐내지 않으면 안 됐다.

그는 집결지에서 조금 떨어진 공터로 향했다.

"이제 머지않았다.

달빛을 보며 중얼거렸다.

악몽을 떨쳐내는 것도, 중원을 장악하는 것도 코앞까지 왔다.

청월이라는 쥐새끼만 처리하면 모든 게 일사천리였다.

"도저히 떨어지질 않는군."

꿈속의 날이 다시 떠오르자 얼굴이 구겨졌다.

천하의 마령교가 무너진 이유.

그것은 꿈과 상당히 밀접한 관계가 있었다. 바로 그날 흑룡회에서 대대적으로 마령교를 습격했기 때문이다.

흑도의 쌍두마차인 귀살문과 마령교.

그들은 언젠가부터 전혀 다른 궤도를 걷기 시작했다.

귀살문은 천하맹에 자극을 받아 작은 흑도방파를 세력권에 포함시켰다.

그들의 몸집은 점차 비대해졌으며 급기야 흑룡회라는 연합으로 재탄생하였다.

그들은 곧바로 눈엣가시인 마령교를 압박했다.

"흑도라면 반드시 흑룡회의 일원이어야 한다. 마령교라도 예외는 없다."

흑룡회주는 그렇게 반쯤 선전포고를 했다.

하나 천하의 마령교가 그런 말에 넘어갈 리가 없었다.

"흑도라면 무릇 패도(覇刀)를 숭상하는 법. 이합집산하는 잡배무리에 들어갈 수는 없다."

마령교는 일언지하에 합류를 거절했고 이로 인해 흑룡회에 분노를 샀다.

흑룡회는 천하맹 쪽에 마령교의 정보를 흘리는 한편 대대적인 공세를 펼쳤다.

결국 마령교는 시름시름 앓다가 중원에서 자취를 감췄다.

"하지만 이번엔 내 차례지. 크크큭"

진무홍의 입가에 싸늘한 미소가 걸렸다.

"중원을 완전히 피바다로 만들어주마. 살아남은 자가 죽음을 바랄 정도로 끔찍한 세상으로 말이야, 안 그런가?"

그는 자신의 눈에 말을 걸었다.

어머니의 피를 뒤집어쓴 후 왼쪽 눈에는 특이한 능력이 자리 잡았던 탓이다.

눈은 죽음을 볼 수 있었고 또한 타인에게 죽음의 공포를 심을 수도 있었다.

그는 달을 힐끔 훔쳐본 뒤 숙소로 복귀했다.

오늘도 달이 붉었다.

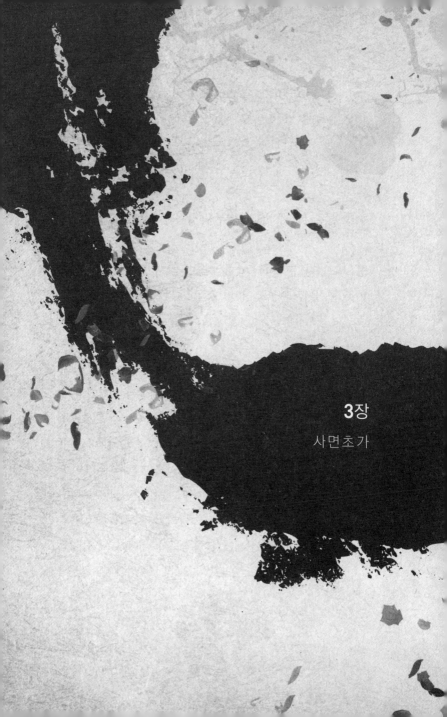

**3장**

사면초가

산 중턱에 해가 걸렸다.

바람은 온화했으며 길 곳곳에 봄꽃들이 고개를 내밀었다. 바야흐로 겨울이 가고 봄이 오는 것이다.

'일이 잘 풀리려는 모양인데?'

청월이 피식 웃으며 고개를 돌렸다.

그곳에는 노오란 유채꽃이 피어 있었다. 그것도 한두 송이가 아닌 한 다발이 될 법한 꽃이었다.

혹독한 겨울이 가고 봄이 오고 있다는 것.

청월은 이것을 하나의 상징으로 받아들였다.

천하맹과 흑룡회의 혈투는 결국 스러질 것이고 결국엔 평화와의 바람이 불어올 거라는 상징 말이다.

"……."

"……."

문득 청연화의 시선이 마주쳤다.

볼 수 있는 건 오로지 눈뿐이었지만 어쩐지 그녀의 표정도 읽을 수 있을 것 같았다.

청연화도 분명 그처럼 웃고 있으리라.

터벅터벅.

유쾌한 발걸음이 계속되었다.

그가 속한 칠조는 정상 부근에서의 잠복을 끝내고 하산 중이었다.

흑륜지망 특유의 자리이동을 하고 있는 셈이다.

이제 그들은 산맥 하단부에서 진을 치게 된다. 청월 입장에선 무혈로 포위망을 빠져나가는 셈이다.

'기회를 봐서 단번에 뚫고 가면 돼.'

청월이 작게 고개를 끄덕였다.

산맥만 넘는다면 그다음부터는 평야지대가 이어졌다.

전속력으로 달린다면 나흘 안에 서장에 닿으리라.

신법에 특출 난 그이니 마령교의 추적도 뿌리칠 자신이 있었다.

'벌써 기대되는걸?

청월은 천하맹 식구들을 만날 생각에 들떴다.

그동안 있었던 일을 어떤 식으로 전해줘야 할까. 무엇보다 제갈선이 섭섭해할 것도 염려하지 않으면 안 됐다.

얼마나 시간이 흘렀을까.

그들은 어느새 산의 중턱 언저리까지 도착했다. 그런데 바로 그때였다.

몇 명의 무사가 불쑥 튀어나왔다.

복장은 그들과 같았지만 가슴에는 붉은 꽃이 그려졌다.

마령교의 정예부대 중 하나인 혈화천접대의 표식이었다. 일행은 누군가 시킨 것처럼 무릎을 꿇고 인사를 했다.

"교대 중인 건가?"

"그렇습니다."

"잠시 미루고 집결지로 가봐라."

천접대원이 검지로 오솔길을 가리켰다.

"어째서입니까? 이유를 알려주십시오."

청월은 하마터면 그 말을 입 밖으로 낼 뻔했다.

갑작스레 바뀐 경로에 당황한 것이다.

지금의 길을 따라 갔다면 내일 오전에는 산맥을 벗어날 수 있었다. 그런데 이로 인해 계획에 차질이 생겼다.

'어쩌면……'

청월은 자신도 모르게 입술을 깨물었다.

어제 개울에 비쳤던 자신의 죽음을 생각해 낸 것이다. 아마도 죽음은 그때와 비슷한 형상을 유지하고 있으리라.

이 길이 죽음으로 향하는 길인지, 죽음을 피하는 길인지는 알 수 없었다.

만약 거울이 있었다면 죽음을 비춰보고 올바른 길을 찾았을 텐데.

그런 생각을 하니 가슴이 답답해 터질 것 같았다.

생각이 깊어지는 사이 문제의 집결지에 도착했다.

집결지라고 하여 북적거리는 걸 상상했건만 오히려 이곳이 더욱 고요했다.

그저 바람이 불 때마다 천막이 펄럭거릴 따름이었다.

"모두 정렬한다."

흑면목의 말에 따라 조원들이 이렬로 늘어섰다.

이윽고 다른 조원의 인원 역시 집결지로 모였다. 그들도 이곳에 온 이유를 전혀 모르는 듯했다.

'저자들은⋯⋯.'

청월의 얼굴이 딱딱하게 굳었다.

매우 익숙한 얼굴들이 모습을 드러낸 것이다.

그들은 바로 만천문에서 상대했던 십귀존들이었다. 며칠 전 면식을 한 수라검 용해를 비롯해 대만운, 그리고 마제필이 포함되었다.

형상문을 제외하면 이전의 인원이 그대로 모인 것이다.

그들과의 싸웠던 것을 생각하니 등골이 오싹했다. 가능하면 다시는 그런 일이 없었으면 했다.

"다들 모였나?"

"네."

"교주님이 몸소 행차하셨다. 불미스런 일이 없도록."

대만운이 주의를 준 후 교주 진무홍이 나타났다.

청월의 예상과 달리 교주는 그와 비슷한 또래의 청년이었다.

피부는 말끔했고 짙은 눈썹과 흑발이 특히 인상적이었다. 세월을 생각하면 반로환동의 고수가 아닐까 싶었다.

터벅터벅.

진무홍이 걷기 시작했다.

그는 일자로 걸으며 집결한 무사들을 훑었다.

별것 아닌 행동이었지만 그것만으로도 강력한 중압감이 들었다.

교주라는 이름이 주는 무게는 결코 녹록하지 않았다.

더욱 부담스러운 것은 그가 나타난 이후 단 한 번도 입을 열지 않았다는 점이다.

교주가 원하는 것이 무엇인지 모르니 불안감은 막연하게

커져만 갔다.

청월은 최대한 자연스럽게 청연화를 응시했다.

그녀는 긴장한 기색이 역력했는데 손끝이 부르르 떨리고 있었다.

전음을 보낼까 했지만 꾹 참았다.

만약 전음이 읽힌다면 걷잡을 수 없는 결과가 초래될 것이다.

다행이라면 다른 이들도 교주를 두려워하고 있다는 점이었다.

무사들을 살피던 진무홍.

끝나지 않을 것 같던 발걸음이 우뚝 멈췄다. 그가 멈춘 곳은 청월의 정면이었다.

'하필이면 내 앞에.'

울고만 싶었다.

도열한 인원이 이십인데 어째서 코앞에 섰단 말인가. 불안이 깊어지는 가운데 진무홍이 검지를 까닥거렸다. 그의 입가에 얼음장 같은 미소가 피었다.

"너. 복면을 벗어라."

교주의 말에 머리가 하얗게 비었다.

종이 울리는 것처럼 골이 흔들렸고 구역질까지 솟구쳤다.

그는 이 많은 무사 중에서 청월을 정확히 골라냈다. 이 모든 걸 우연의 일치라고 볼 순 없었다.

"뭐하는 거냐?"

"교주님에 명령을 어길 셈이냐?"

청월이 꾸물거리자 주변에서 닦달을 시작했다. 그들은 눈빛은 어느새 도끼가 되어 청월을 찍어 내렸다.

"……."

"……."

침묵 속에 시선이 충돌했다.

극히 짧은 순간이었지만 청월에게는 모든 것이 억겁 같았다.

교주가 보인 미소와 눈빛 그리고 표정의 변화까지.

모든 것이 손에 잡힐 것도 같았다.

결국 청월은 복면 끝을 잡아당겼다. 하나 그와 동시에 남은 손은 재빨리 검집을 향했다. 복면을 벗으면 정체가 탄로 나는 것은 당연했다.

가능하다면 교주의 목숨을 앗거나 부상을 입히는 편이 좋았다.

"질풍섬."

복면이 벗겨지는 것과 발도술이 동시에 펼쳐졌다.

쾌검은 사선을 그리며 진무홍의 가슴팍을 그어갔다. 거리와 속도 마지막으로 위력까지. 모든 것이 청월에게 웃어주고 있었다.

이번 공격은 결코 실패할 수가 없었다.

"이… 이럴 수가?"

청월의 몸이 오 장 가까이 주르륵 밀려났다.

진무홍이 장법으로 검격을 쳐 낸 것이다.

한순간이나마 움직임을 놓쳤다는 생각에 등골이 오싹했다.

"드디어 본색을 드러냈군."

진무홍이 신경질적으로 웃었다. 그의 손은 어느새 피를 적신 것처럼 빨갰다.

"아니. 저 녀석은……."

"우리 중에 숨어 있었단 말이야? 말도 안 되는."

주변의 무사들이 경악했다.

청월이 잠복했으리라고는 누구도 생각지 못했던 탓이다.

그들은 곧 그와 거리를 좁힌 채 검을 빼 들었다. 상황이 일촉즉발로 흐르고 있었다.

"마령교도 이빨 빠진 호랑이군. 대충 숨어도 제대로 잡아내질 못하니까 말이야. 그동안 잘 쉬었다."

청월은 일부러 그들을 도발했다.

지금은 모든 관심을 자신에게 집중시켜야 했다.

적어도 청연화만큼은 무사히 하산하도록 만들어야 했으니까.

과련 도발로 인해 집결지의 분위기가 싸늘하게 굳었다.

여유를 보이는 것은 오로지 진무홍뿐이었다. 그는 팔짱을 낀 채로 청월에게 시선을 고정했다.

'이… 이 느낌은?'

청월의 얼굴이 딱딱하게 굳었다.

교주의 왼쪽 눈은 탁한 빛을 띠었는데 마치 자신의 사령안을 보는 것 같았다.

"으으으으으윽."

"몸이… 이상합니다."

근처에 있던 무사들이 무릎을 꿇고 고통을 호소했다. 그들은 눈을 동그랗게 뜨고 꺽꺽거렸다. 일부는 침을 흘리며 발작을 일으키기도 했다.

"너는 아무렇지도 않은 것 같군."

"무슨 뜻이지?"

"곧 알게 될 거다. 크크크큭."

청월의 물음에 진무홍이 웃음을 터뜨렸다.

그의 광소는 금세 공터를 매웠고 이를 듣는 무사들은 하나같이 두려움에 떨었다.

"싸우기 전에 한 가지 궁금한 게 있다."

"……."

"나를 어떻게 찾았지?"

가슴속에 묻어두었던 질문을 기어이 뱉었다.

청월은 아직도 교주가 그를 어떻게 발견했는지 알 수 없었다.

교주가 복면도 벗지 않은 청월을 짚어냈기 때문이다. 이는 상식적으로 절대 불가능한 일이었다.

"내 입장에선 어렵지 않은 일이었지."

진무홍이 어깨를 으쓱하며 말을 이었다.

"넌 그동안 단 한 번도 살생을 하지 않았지. 산맥에서 수하들을 마주쳤을 때도 제압만 했다더군. 그러면 아주 간단한 것 아닌가?"

그는 어깨를 으쓱한 뒤 침묵을 지켰다. 마치 청월에게 생각할 시간을 주려는 것처럼.

"도망자인 네가 살생을 하지 않는다면 수하들은 결코 죽일 일이 없겠지. 아주 만약에 죽을 인간이 있다면 말이야."

진무홍이 검지를 흔들다가 청월을 가리켰다.

"포위망에 걸려 허우적댈 너밖에 없다!"

진무홍의 말이 망치처럼 머리를 때렸다. 얼굴은 하얗게 질렸으며 손바닥에서는 땀이 가득 찼다.

청월은 깨닫고야 말았다.

그가 말하는 바가 무엇인지 그리고 그 속에 숨어 있는 의미는 무엇인지도. 하나 이런 일이 벌어지리라고는 꿈에도 생각지 못했다.

"설마 너도……."

"이제야 알았나? 나도 너와 같은 능력을 가지고 있다. 이
눈으로 죽음을 볼 수 있지."

그 말을 끝으로 공터에 침묵이 감돌았다.

무사들조차 교주의 비밀에 경악을 했던 탓이다. 세상에 그
런 말도 안 되는 능력이 존재할 줄이야.

휘이이이잉.

한줄기 바람이 정적을 휩쓸고 지나갔다.

진무홍을 제외하면 모든 이가 충격에서 벗어나지 못하고
있었다.

공터에 무사들 역시 입을 벌린 채 경악에 빠졌다.

교주에게 특별한 능력이 있다고 하더니 죽음을 보는 능력
이 있을 줄이야.

몇몇은 두려움에 몸을 떨었다.

고요함이 짙어지는 가운데 진무홍이 손을 내밀었다. 그의
입 밖에서 전혀 뜻밖의 제안이 나왔다.

"나의 수하가 되어라."

"……."

"죽음을 보는 인간이 활인행(活人行)이라니. 코웃음 칠 일
이다."

진무홍이 담담히 말을 이었다.

"인간은 누구나 죽어. 죽는 게 이치라면 죽이는 것도 문제될 건 없지. 나와 함께 사자가 되어라. 중원을 지배하는 저승 사자가."

진무홍의 말이 메아리처럼 울려 퍼졌다.

이제 모두의 시선은 청월에게 향했다.

교주의 파격적인 제안에 그는 어떻게 응할 것인가.

무사들과 청연화의 눈빛은 어느새 청월의 입가에 집중되었다.

"바보 같은 질문이군."

청월이 토해내듯 한마디 했다. 그는 타오르는 눈빛으로 진무홍을 바라보았다.

"대답은 필요치 않겠지? 네 눈으로 직접 보고 있을 테니까."

"어리석은 놈. 마지막 동아줄을 뿌리칠 셈이냐?"

"동아줄이 아니라 썩은 줄이겠지."

청월은 피식 웃으며 검에 공력을 불어넣다.

검은 곧 달처럼 파랗게 빛났으며 주변으로 귀곡성을 흩뿌렸다.

같은 사령안의 소유자를 만났지만 결별할 수밖에 없었다. 마음이 썩은 자와 같은 길을 갈 수는 없지 않은가.

"천룡풍린."

낭랑한 외침과 함께 주변으로 검강이 쏟아졌다.

콰아아아아앙.

폭음이 터지고 흙먼지가 주변을 감쌌다.

공터는 눈깜짝 할 사이에 아수라장이 되고 말았다. 청월은 혼란한 틈을 타 근처에 있던 무사의 검을 빼앗았다.

'길이 있을 거야. 분명히.'

양손에 검을 쥐고 양단세를 취했다.

두 손이 가득 차면서 치밀어 오르던 불안감이 누그러들었다.

이렇게 검을 쥐고 있으면 오랜 벗과 함께 싸우는 기분이 들었다.

그는 담담한 표정으로 정면을 응시했다.

"쥐새끼처럼 잘 숨었구나. 하지만 그 질진 목숨도 오늘이 마지막이다."

수라검 용해가 먼지를 뚫고 접근했다.

대만운과 마제필 역시 근소한 차이를 두고 거리를 좁혔다. 만천문 때의 악몽이 다시 시작되는 셈이다. 청월은 상대의 공격에 맞춰 검을 뻗었다.

채애애애애앵.

용해와 청월의 검이 맞붙었다.

그들은 검에 몸을 실은 채 서로를 짓눌러갔다. 힘과 공력이 엉키자 주변에서 아지랑이 같은 기운이 피었다.

"혈환난무."

"흑룡신권."

대치중인 상황에 두 명의 귀존이 난입했다. 그들은 각각의 절초를 펼치며 옆구리를 파고들었다.

'이번 건 위험해.'

청월은 검을 거둔 뒤 신법으로 위기를 벗어났다.

그가 섰던 자리는 금세 벌집이 되었는데 판단이 늦었다면 온몸이 갈가리 찢겨졌으리라.

귀존들이 공세에 나서면서 마령교의 무사들 역시 청월을 압박하기 시작했다.

일 대 삼십의 싸움이 시작되었다.

\* \* \*

공터는 아비규환이었다.

초목은 형체를 알아볼 수 없을 정도로 뭉개졌으며 지면 은 가뭄이 난 것처럼 갈라졌다.

누군가 이곳을 봤다면 지진이 났냐는 말을 꺼낼 정도였다.

청월과 마령교도들의 싸움은 치열했다.

그들은 무려 한 식경 가량 난타전을 벌였다.

'젠장, 이래서는 끝이 없는데.'

청월은 입술을 깨물며 상대를 막아냈다.

장로들을 상대하기도 벅차거늘 다른 곳에 있던 마령교도들이 속속들이 합류했다.

그동안 쓰러뜨린 상대의 수가 삼십이었는데 어느새 주변에는 육십의 인원이 진을 쳤다.

청월의 입장에서는 기가 막힐 노릇이었다.

'어떻게든 이곳만 벗어날 수 있으면……'

그는 필사적으로 빈 공간을 찾았다.

현재 최우선 과제는 공터를 벗어나는 것이었다.

일대다의 전투일 경우 좁은 곳에서 싸우는 편이 유리했다.

적이 수적인 우세를 살리기 힘들기 때문이다.

하지만 아무리 기회를 탐해도 좀처럼 공터를 탈출할 수 없었다.

수라검 용해가 미친 듯이 날 뛰었던 탓이다.

"네 육신을 갈가리 찢어주마."

그는 전투시작부터 지금까지 청월을 쫓았다. 이로 인해 청월은 공간을 여유 있게 볼 수 없었다.

청월은 어느새부터 느끼고 있었다.

자신이 거미줄에서 발버둥치는 잠자리와 다르지 않음을.

"크으으으윽."

대만운의 도가 어깨를 스쳐 갔다.

화끈한 통증과 함께 핏방울이 허공으로 번져 갔다.

청월은 주저앉고 싶은 것을 간신히 참았다. 여기서 무너질
수는 없었다.

서장에 닿지 않으면, 천하맹과 흑룡회에 대립은 계속될 것
이다.

그렇게 되면 중원의 비극도 언제고 반복되고 말리라.

'그분들을 볼 면목이 없다.'

청월은 이를 악물고 검에 공력을 불어넣었다.

개방도들은 그를 위해 기꺼이 목숨을 내놓았다. 여기서 죽
는다면 명부에 가서도 그들을 볼 낯이 없었다.

이렇게 쓰러질 수는 없다.

"이제 그만 죽어라!"

귀존 셋이 한꺼번에 달려들었다.

마지막을 장식하려고 하는지 하나같이 강력한 공력을 뿜
어냈다.

절대절명의 위기에 처한 청월.

그는 오히려 마음을 편하게 먹고 바람의 흐름을 느꼈다.

지금 할 수 있는 것을, 최선을 다해서 하면 된다. 나머지는
모두 하늘의 뜻에 맡길 따름이었다.

"드디어 체념한 모양이군."

"약속대로 네놈의 심장을 도려주마."

용해와 마제필이 득의양양한 미소를 지었다. 지금 청월은 검을 늘어뜨린 채 아무런 행동도 보이지 않았다.

그들의 절기를 막을 방법은 어디에도 없어 보였다.

"수라파천권!"

"탈혼비검!"

"마혈낙뢰!"

삼 인의 절기가 우르르 쏟아졌다.

검과 검법은 한데 엉켜서 금방이라도 청월을 집어삼킬 듯했다.

하나 청월은 그 앞에서도 담담한 따름이었다. 그는 아직도 무언가를 기다리고 있었다.

'지금이다.'

바람을 느꼈다.

반원을 그리며 주변을 맴도는 바람을 느꼈다.

청월은 천도지체의 힘을 쏟아내 바람에 흘려보냈다. 바람에 실린 공력이 뭉치자 그것은 곧 하나의 검격이 되었다. 한마디로 풍검이 형성된 것이다.

"천풍섬!"

낭랑한 외침과 동시에 바람의 검이 몰아닥쳤다.

그것은 귀존 삼 인의 절기를 단번에 삼켜 버렸다. 하나 그 걸로도 모자랐는지 남은 힘으로 그들의 육체를 찢어놓았다.

"끄아아아아악."

"내 팔… 내 팔이……."

대만문과 마제필이 바닥에 앉았다.

그들은 공황에 빠진 채로 비명을 질러댔다. 완성된 천풍섬으로 팔이 잘려 나가고 만 것이다.

텅 빈 어깨에서는 피가 꾸역꾸역 쏟아졌으며 이것이 바닥을 붉게 물들였다.

검격을 피한 것은 오로지 수라검 용해뿐이었다. 일전에 당한 기억으로 최후에 회피를 했던 탓이다.

"이놈이……."

그는 이를 갈며 청월을 노려보았다.

자신의 얼굴에 상처를 낸 것도 모자라 동료들의 팔을 베다니.

할 수만 있다면 청월을 으적으적 씹어버리고 싶었다.

"상처를 살피고 하산해라."

진무홍이 나섰다.

그는 두 명의 귀존을 떠나도록 하게 한 뒤 용해를 물렸다.

한차례의 격전 이후 공터의 열기가 식었다.

청월에게 당한 마령교도들은 오십이 넘었으며 모두 부상

을 입은 채 의식을 잃었다.

남은 인원은 청월을 포위한 채 흉흉한 살기를 뿜어냈다.

'정말 끝일지도 모르겠군.'

얼굴에 자조적인 미소가 떠올랐다.

몸 상태가 엉망이었다.

공력은 벌써 육 할 가까이 사용했으며 그동안 쌓인 상처도
만만치 않았다.

대만운에게 당한 어깨는 너덜너덜했으며 곳곳에 입은 상
처에서 피가 샜다.

마음 같아서는 당장 주저앉고 싶었지만 의지로 버티는 중
이었다.

청월은 반쯤 체념한 얼굴로 진무홍을 응시했다.

진무홍은 처음과 같이 담담해서 감정과 생각을 읽을 수 없
었다.

"대단한 쌍검술이군. 화룡천과 싸웠다는 말도 헛소리는 아
니었던 모양이야."

진무홍이 작게 고개를 끄덕였다.

청월의 쌍검술은 그야말로 변화무쌍했다. 두 자루의 검은
따로 또 같이 공방을 소화했는데 그 조화에 탄복하지 않을 수
없었다.

그 다양한 검로와 균형이 아니었다면 진작 목숨을 잃었을

것이다.

익히기는 어렵지만 익히면 적수가 없다는 쌍검술.

이를 목도하니 과연 그 능력을 의심할 수가 없었다.

"그래 봤자 아직 젖비린내는 애송이일 뿐이지만."

진무홍의 얼굴에 싸늘한 미소가 어렸다. 그의 두 손은 금세 피를 바른 것처럼 붉어졌다.

혈혼십사장을 극성으로 익히면 드러나는 적혈수(赤血手)였다.

"와라. 네 수하와 똑같이 만들어 테니."

청월은 손가락을 까딱거리며 도발했다.

상대가 마령교주인만큼 그 무위는 상상을 초월할 것이다.

감정을 흔들든, 도발을 하든 쓸 수 있는 수는 모두 사용해야 했다.

"천풍섬이라는 쓸데없는 기술 말인가?"

진무홍의 입가에 비릿한 미소가 어렸다.

"보는 순간 알아차렸다. 네 기술에 핵심은 바람이고 바람이 원하는 방향으로 불지 않으면 아무 짝에도 쓸모없다는 걸 말이야."

"……."

"그런데 어쩌나 그 잘난 바람도 이젠 그친 것 같은데."

진무홍이 말을 마치고 거리를 좁혔다.

과연 그는 교주답게 천풍섬의 비밀을 꿰뚫고 있었다. 그것도 기술을 일견식한 것만으로도 말이다.

청월은 힘이 쭉 빠지는 것을 느꼈다.

저벅저벅.

진무홍은 신법도 밟지 않고 차분하게 걸어왔다.

하나 청월의 입장에서는 그 편이 더욱 두려웠다. 상대의 기개에 주도권을 빼앗긴 것이다. 지금의 상태로 교주를 꺾는 게 가당키나 한 걸까.

그런데 바로 그때였다.

"잠깐만!"

낭랑한 목소리가 울렸다.

이윽고 마령교도 한 명이 청월의 앞을 막아섰다. 그가 복면을 벗자 주변인들의 눈이 모두 휘둥그레졌다.

복면인의 정체가 바로 청연화였던 것이다.

바람이 불면서 그녀의 머리가 깃발처럼 나부꼈다.

"청 소저, 이러면……."

청월은 머릿속이 깜깜해졌다.

그녀가 나서게 되면 모든 것이 물거품이 된다. 만약 그가 죽더라도 그녀가 서장에 닿는다면 혈풍은 막을 수 있었기 때문이다.

하나 마지막 남은 희망은 허무하게 증발하고 말았다.

"미안해요. 더 이상 공자가 아파하는 걸 볼 수가 없어요."

청연화는 쓸쓸한 표정으로 그를 응시했다. 청월은 차마 그 시선을 받아낼 수가 없었다.

"후우우우우우."

깊은 한숨이 터져 나왔다.

그는 고개를 떨어뜨린 채 쌍검을 바닥에 내리꽂았다.

더 이상의 싸움을 포기한 모습이었다. 청월은 눈을 감고 마음을 닫은 채로 그렇게 석상처럼 굳었다. 청연화마저 발각된 이상 품을 희망이 없었다.

대체 무슨 수로 이 자리를 벗어난단 말인가.

"근처에 있을 거라는 생각은 했다."

진무홍이 운을 뗐다.

하지만 대화는 이어지지 않았고 싸늘한 침묵만이 이어졌다.

두 사람은 말없이 서로를 응시했고 그 사이에서 보이지 않는 불꽃이 튀었다.

먼저 운을 뗀 것은 청연화였다.

그녀는 두 팔을 벌려서 청월을 막아섰다. 마치 그의 방패라도 되는 것처럼.

"청월 공자는 놔주세요."

"이유는?"

"내가 없으면 이 사람은 아무것도 할 수 없어요. 중원에 마령교를 증명할 수단이 없다구요."

청연화가 애절하게 말했다.

"너는 애초에 나와 협상이 불가능해."

"어째서죠?"

"왜냐하면… 협상은 힘있는 자만이 할 수 있는 거니까. 나는 저놈을 죽이고 네년을 다시 데리고 갈 거다."

"……."

청연화는 아무런 대꾸도 할 수 없었다. 아니, 하지 못했다는 것이 더욱 정확했다.

"당신 변했어요."

"세상에 변하지 않는 건 없어. 너도 잘 알고 있을 텐데."

진무홍이 다시 걷기 시작했다.

이런 자리에서 허튼소리를 논하고 싶은 마음은 없었다.

귀존들은 팔이 떨어져 나갔고 수하들의 부상도 심각했다. 이제 그가 모든 것을 끝내야 할 순간이 왔다.

"정말 내가 힘이 없다고 생각해요?"

청연화의 얼굴에 싸늘한 미소가 어렸다. 그녀는 검을 뽑은 뒤 자신의 목줄기에 갖다 대었다.

"내가 죽으면 당신은 진짜 괴물이 되겠죠. 명부에서 지켜보겠어요. 그 모습을."

"……"

진무홍은 그녀를 무시하고 계속 걷기만 했다. 이를 지켜보던 청연화는 결국 손끝에 힘을 주었다. 이대로 죽기를 각오한 것이다.

휘이이이익.

바람을 검이 바람을 갈랐다. 차가운 쇳덩이는 금세라도 목을 관통할 듯했다. 하나 그녀의 바람은 아쉽게 성사되지 못했다.

검이 닿기 직전 청월이 그녀의 손을 붙든 것이다.

"그만 됐어요."

그는 그녀의 검을 빼앗아 든 뒤 진무홍에게 던졌다.

진무홍은 이를 간단히 쳐 내고 거리를 좁혔다.

사실 청연화는 죽고 싶어도 죽을 수 없는 상황이었다. 그녀의 몸에 죽음이 뜨지 않았기 때문이다.

청월과 진무홍 모두 그녀가 살아 있길 바라니 죽음이 올 수가 없었던 탓이다.

"고마워요. 나를 위해 나서줘서."

"……"

"하지만 전 욕심이 많아요. 그래서 청 소저도, 제 목숨도 함께 구하고 싶어요."

청월의 얼굴에 미소가 어렸다.

집결지에 온 뒤 처음으로 보이는 미소였다.

"이야아아아압!"

청월이 우렁찬 기합을 터뜨렸다. 그리고 바닥에 꽂은 검을 향해 폭풍 같은 공력을 주입했다.

기묘한 진동과 땅이 쩌저적 갈라졌다.

무너지는 지면은 마치 그 위에 섰던 것들을 집어삼키려는 것처럼 보였다.

마령교도들은 외마디 비명을 지르며 심연의 바닥으로 떨어지기에 바빴다.

청월은 청연화를 안은 채 허공을 날았다. 그리고 안전지대에서 검 두 자루를 챙긴 뒤 달렸다.

"이게 대체⋯⋯."

청연화가 눈을 동그랗게 떴다.

그녀의 시선은 멀리 떨어진 구덩이에서 떠날 줄 몰랐다.

"청 소저가 교주와 이야기하는 동안 준비했어요. 깜짝 놀랐죠?"

청월이 피식 웃었다.

그녀가 등장하면서 시간을 벌 수 있었다. 그래서 오랜 고민 끝에 지면을 무너뜨려 탈출하고자 마음먹었다. 절망한 척했던 것은 물론 연기였다.

다행히 작전은 대성공이었고 이렇게 기회를 얻었다.

"고마워요. 소저가 아니었으면 불가능했을 일이에요."

"네."

청연화가 따뜻한 미소를 지었다.

어설프게 나섰다고 생각했는데 도움이 됐다고 하니 그저 고마웠다.

"그래도 산을 벗어나기 전까지 조심해야 해요."

청월이 힐끔 뒤를 돌아보았다.

공터를 벗어난 지 반각도 지나지 않았건만 벌써부터 추격이 붙었다. 조금만 더 시간이 지나면 교주까지 따라붙고 말리라.

"청 소저, 아까 썼던 소도(小刀) 있죠?"

"네."

"그걸로 저를 비춰 주실래요?"

"…알겠습니다."

그녀는 별말 없이 소도를 꺼내 몸을 비추었다.

검날이 맑았기에 죽음을 보는 것도 별 무리는 없었다.

'이번에도 부탁한다.'

청월은 길을 돌면서 죽음의 증감 여부를 세심하게 살폈다. 한 점을 돌파하는 것이 아니라 여러 길을 돌았기에 추격자들이 금세 뒤에 붙었다.

청연화는 뒤를 힐끔하며 초조함을 드러냈다. 이대로라면

잡히는 것도 시간문제였다.

휘이이이이익.

파공성과 함께 후미에서 암기가 날았다.

청월은 이를 아슬아슬하게 피한 뒤 입술을 꼭 깨물었다. 드디어 사령안이 보여준 활로를 찾은 것이다.

그는 하산하던 중 방향을 틀어 오솔길로 접어들었다.

"청월 공자, 이러면……."

청연화는 놀라서 말을 잇지 못했다.

서둘러 내려가도 모자랄 판에 오히려 산을 오르고 있었던 탓이다.

그녀가 당혹스러워했지만 청월은 눈 하나 깜짝하지 않았다.

"염려 마세요."

그는 사령안을 굳게 믿었다.

만약 문제가 있다면 사령안이 아니라 그 활로에서 길을 찾지 못한 자신에게 있으리라.

열심히 달린 끝에 간신히 산맥 중심부에 도착했다.

이곳은 산맥의 등산로와 하산로가 교차하는 지점이었다.

즉, 모든 이가 반드시 거쳐야 하는 길 중 하나였다. 또한 사령안이 택한 최후의 장소이기도 했다.

"이번만큼은 조용히 지켜봐주세요. 알았죠?"

청월은 그녀를 수풀에 숨긴 뒤 주변을 살폈다.

사령안이 아니었다면 결코 이곳에 멈추지 않았을 것이다.

사방이 넓게 트인 데다가 자칫 궁지에 몰리면 절벽에 떨어질 수도 있었다.

"이번에는 안 되겠는데?"

그는 절벽 끝에서 쓴웃음을 지었다.

저번에는 운 좋게 살아남았지만 이번에도 이를 기대할 수는 없었다. 각종 암석이 바늘처럼 뾰족했으니 추락하는 순간 온몸이 가루가 될 것이다.

"특이한 거라면 두 가지뿐이군."

청월이 작게 고개를 끄덕였다.

하나는 절벽 끝에 위태롭게 선 커다란 바윗돌이었고 다른 하나는 먼 곳에 보이는 철혈문의 가옥들이었다.

"이젠 답을 찾아야 할 시간이야."

청월은 고민에 고민을 거듭했다.

사령안이 이곳을 택한 이유를 알아내야 했다. 그렇지 못하면 결국 죽음을 극복하지 못하리라.

깊어지는 고민 끝에 한줄기 발상이 머릿속을 스쳐 갔다.

"…알았다. 네 뜻을!"

전기를 맞은 것처럼 온몸이 짜릿해졌다. 청월은 사령안의 의도를 깨닫고 고개를 끄덕였다.

"생각보다 멍청하군."

차가운 목소리가 퍼졌다.

교주를 비롯한 마령교들이 모습을 드러낸 것이다. 그들은 흉흉한 살기를 띠며 청월을 포위해 나갔다.

"전망 좋은 곳에서 죽고 싶었나?"

"전혀. 이곳에 온 건 살기 위해서다."

"죽을 때가 되니 실성했나 보구나. 크크큭."

진무홍은 광소를 터뜨린 뒤 목을 꺾었다. 그리고 나서려는 수하들을 말린 뒤 청월에게 접근했다.

설령 청월의 상태가 온전하다고 해도 그를 꺾을 수 없었다.

부상을 입은 몸이라면 더더욱 말할 필요가 없었다.

그는 그저 덫에 걸린 먹이를 건져 올리면 그만이었다. 그동안 수고롭게 한 대가는 결코 가볍지 않을 것이다.

"드디어 교주의 실력을 보는군."

청월은 긴장한 모습으로 양단세를 취했다. 살기 위해선 최대한 시간을 벌어야 했다.

"그래. 이 몸의 압도적인 힘을 감상하거라."

말이 끝나기 무섭게 진무홍이 달려왔다.

그는 벼락줄기처럼 거리를 좁혔다. 일보를 디딘 것 같았지만 어느새 지근거리까지 돌파했다.

우우우우웅.

붉은 기운을 머금은 장법이 펼쳐졌다. 이에 가격당한다면 틀림없이 저세상을 보게 되리라.

청월은 천도지체의 힘을 끌어올린 뒤 방어에 나섰다.

"열풍섬."

낭랑한 외침과 함께 쌍검이 허공을 갈랐다. 두 검은 서로 엉켜서 열십자의 궤적을 만들어냈다.

혈혼십사장과 열풍섬이 충돌하는 순간.

주변으로 어머어마한 폭풍이 몰아닥쳤다. 지켜보던 무사들은 날아갈 듯한 자신의 육체를 걱정해야 했다.

"크으으으윽."

청월이 얼굴을 구겼다.

초식 대결에서 패배하여 진기가 엉킨 것이다.

반면 진무홍은 담담한 얼굴로 바닥을 가리켰다. 그곳엔 청월이 밀린 자국이 있었다.

"이것이 너와 나의 격차다."

"…생각보다 별거 아닌데?"

청월은 심호흡을 한 뒤 무작위로 검을 놀렸다.

검이 허공을 가를 때마다 팔뚝만 한 검강이 토해졌다. 기선 제압을 위해 특단의 조치를 취한 것이다.

쿵쿵쿵쿵쿵쿵쿵.

사방에서 폭음이 쏟아졌다.

검강이 닿은 곳은 무자비하게 파괴되었는데 절벽 언저리에 매달렸던 돌바위도 이에 맞고 굴러 떨어졌다.

"교… 교주님은 무사하신가?"

"어서 옥체를 살펴라."

마령교도들이 기침을 하며 주변을 훑었다.

희뿌연 먼지 때문에 시야가 방해되었다. 그렇다고 잘못 움직였다간 청월의 밥이 될 수도 있었다.

이러지도 저러지도 못하는 상황.

한 신형이 벼락처럼 먼지를 뚫고 달려나갔다.

검강을 막아낸 진무홍이었다.

그의 얼굴에는 비릿한 미소가 걸렸으며 양손에는 피처럼 붉은 기운이 일렁거렸다.

"간만에 재미있는 장난감이 나타났군. 크크큭."

그는 청월에게 접근 한 뒤 오른손을 쭈우욱 뻗었다.

혈혼십사장의 이초식인 혈룡난비였다. 그의 손은 마치 승천하는 용의 모습으로 청월을 노렸다.

"이런……."

가까스로 장법을 피해냈다. 신법이 늦었다면 머리가 수박처럼 깨졌을 것이다. 청월은 거리를 벌인 뒤 진무홍을 응시했다.

아무래도 이번엔 꼼짝없이 죽는 게 아닌가 싶었다.

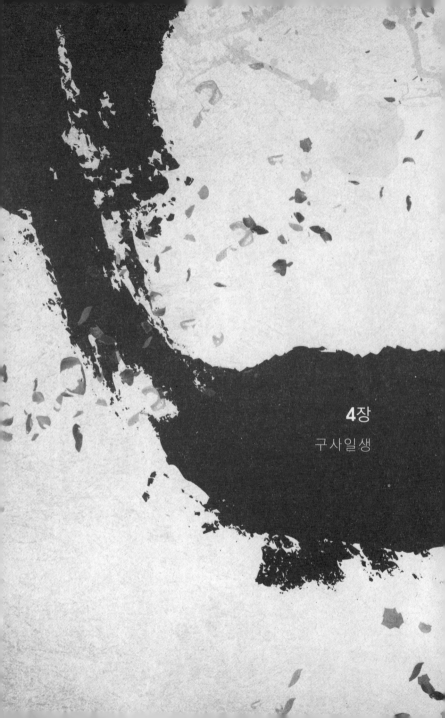

**4장**
구사일생

전투는 치열했다.

검과 장법이 쉴 틈 없이 엉켰으며 위기는 기회로, 기회는
위기로 바뀌는 것도 수차례였다.

신법을 밟을 때도 모습은 볼 수도 없고 뒤늦게 그들이 남긴
잔상을 느낄 따름이었다.

두 사람의 경지는 이미 인간을 초월한 듯도 보였다.

'강하다.'

청월은 얼굴을 찌푸리며 진무홍을 바라봤다.

진무홍은 한 마디로 뱀이었다.

그의 장법은 뱀처럼 유연하고 궤적을 읽기 힘들었다. 그래서 방어에 성공해도 안심할 수 없었다. 아차 하는 순간 장법이 목덜미와 가슴을 노렸던 탓이다.

그는 타고난 사냥꾼이었으며 먹이를 요리하는 법을 알았다.

청월은 그저 덫에서 최대한 발버둥을 치고 있을 따름이었다.

'화룡천보다 더 강할지도 몰라.'

그의 얼굴에 씁쓸한 미소가 어렸다.

진무홍과 초식을 몇 번 주고받으니 그런 생각을 지울 수 없었다. 화룡천도 강했지만 그에게는 무도인(武道人)의 기운이 느껴졌다.

하나 진무홍은 그저 상대를 죽일 요양으로 무공을 펼치는 듯했다.

상대를 대하는 태도부터 다른 것이다.

"잘난 주둥이가 조용해졌군."

진무홍이 어깨를 으쓱했다.

그는 호흡 하나 흐트러지지 않았으며 얼굴에도 여유가 넘쳤다.

"제대로 덤벼라. 전력을 다하지 않는다는 걸 안다."

"……."

"뭐, 일찍 죽고 싶다면 말리진 않겠어."

말을 마침과 동시에 화살처럼 쏘아졌다. 진무홍이 단걸음에 지근거리를 돌파했다. 그가 뿜어내는 공력이 바늘처럼 피부를 찔러왔다.

'거의 다 왔어. 조금만 버티면 돼.'

청월은 작게 고개를 끄덕였다.

지금 그에게 필요한 것은, 그를 살릴 수 있는 건 오직 시간이었다.

최대한 시간을 벌지 않으면 안 됐다.

우우우우우웅.

시뻘건 손바닥이 가슴팍을 향했다.

진무홍의 장법은 무엇 하나 가볍게 대할 수 없었기에 청월도 비기를 꺼내 들었다.

"돌풍섬."

쾌속의 찌르기가 펼쳐졌다.

검은 새파란 검기를 머금고 장법에 충돌했다. 초식이 엉키면서 그들 주변으로 강력한 바람이 불어왔다. 두 사람은 한동안 그렇게 서로를 밀어냈다.

"바보 같은 녀석."

진무홍의 얼굴에 미소가 어렸다.

동시에 손을 감싸고 있던 혈기가 더욱 짙어졌다. 그는 청월의 검을 쥔 뒤 그대로 부숴 버렸다. 마치 엿가락을 깨뜨리듯이 말이다.

"이런……."

청월의 얼굴에 당혹감이 어렸다.

설마하니 검기가 실린 검을 부숴 버릴 줄은 꿈에도 몰랐다. 그는 검을 버리고 서둘러 거리를 벌렸다.

"이번엔 이 몸의 힘을 보여주지."

진무홍이 폭풍처럼 손을 뻗었다.

혈혼 십사장에 제십초식인 혈풍천멸장을 펼친 것이다. 그의 손에서 새빨간 장력다발이 무작위로 뿜어졌다.

청월은 이를 보며 얼굴을 구겼다.

신법을 극성으로 쓰면 피하지 못할 것도 없었다.

문제는 그로 인해 숨은 청연화가 위태롭다는 것이다. 어쩌면 진무홍은 애초에 그녀까지 염두에 둔 게 분명했다.

'치사한 자식.'

청월은 그녀가 숨은 수풀 쪽으로 이동했다. 그리고 검을 지면에 꽂은 뒤 검막을 펼쳤다.

쿵쿵쿵쿵쿵쿵쿵.

장력이 순식간에 주변을 초토화했다.

그에 닿은 나무나 수풀들은 전부 빨갛게 녹아내렸다. 이는 청월도 검막도 예외가 아니었다.

"크으으윽."

청월은 이를 악물며 통증을 삼켰다.

천도지체의 힘까지 끌어 검막을 펼쳤지만 장력을 모두 막지는 못했다. 그래서 어깨와 허벅지, 종아리 부분에 화상을 입고 말았다.

교주의 힘은 과연 압도적이었다.

체력과 공력이 완전했더라도 승률은 삼 할을 넘지 못했으리라.

"한눈팔 시간이 없을 텐데?"

진무홍이 연기를 뚫고 거리를 좁혔다.

퍼어어어억.

붉은 손바닥이 복부를 후려쳤다.

청월은 이를 맞고 몇 장을 데굴데굴 굴렀다. 생살을 지지는 통증과 함께 복부가 새까맣게 죽었다. 의식의 끈을 잡는 것조차 힘겨웠다.

"……."

청월의 시선이 바닥에 검을 향했다. 먼지가 묻기는 했지만 자신의 모습은 살필 수 있었다.

그의 입가에 희미한 미소가 어렸다.

"아쉽군. 반각 정도는 더 놀았으면 했는데."

진무홍이 냉소를 지으며 접근했다.

청월은 공격보다 수비 위주의 싸움을 벌였다.

몇 번 기회를 잡았음에도 스스로 기회를 물리쳤다.

공력이 모자랐는지, 진무홍을 두려워했는지는 모를 일이지만 말이다.

"나는 지금도 충분히 재미있는데?"

청월은 검으로 몸을 지탱했다. 누가 봐도 간신히 서 있는 기색이 역력했다.

"가학에 취미가 있나 보지? 크크큭."

진무홍은 그저 웃고 말았다.

청월은 장력과 장법을 정통으로 맞았다.

혈혼십사장을 맞았으니 조만간 속까지 타서 죽게 될 것이다. 허세를 부린다고 해도 먹힐 리가 없었다.

"당신도 죽음을 본다고 했잖아, 안 그래?"

청월은 자신의 왼쪽 눈을 가리킨 뒤 히죽거렸다. 그는 명백하게 진무홍을 놀리고 있었다.

"지금 이상한 게 보이거나 하진 않아?"

"……."

진무홍은 그제야 청월의 죽음을 자세하게 보았다. 그의 얼굴은 시간이 굳어져만 갔다.

'어째서지? 어째서냐?'

도무지 이해할 수가 없었다.

최후의 일격을 가하면 청월은 그저 죽는 도리밖에 없었다.

그런데 그의 몸에선 차츰 죽음이 지워지고 있었다.

마치 누군가가 죽음을 먹어치우고 있는 것처럼.

"슬슬 도망치는 게 좋을 텐데?"

"무슨 소리지?"

"들리고 있으니까. 철혈문의 무사들이 이곳으로 오는 소리
가."

청월은 웃으며 엄지로 등 뒤를 가리켰다.

그랬다.

산맥과 조금 떨어진 곳엔 철혈문이 존재했다.

근처가 소란스러워지자 그들이 병력을 보낸 것이다. 청월
이 애초에 노린 것도 바로 이 점이었다. 적의 적은 아군이라
는 말이 있지 않은가.

마령교는 정체를 숨겨야 했기에 그들과 맞설 수 없었다.

"이… 이놈이!"

진무홍이 분노하여 발을 굴렀다. 그러자 땅이 거북이 등껍
질처럼 쩌저적 갈라졌다.

그사이에도 철혈문의 병력은 꾸준히 거리를 좁혔다.

그들은 기감도 숨기지 않은 채 이곳으로 달려왔다.

남은 거리 역시 이백 보 정도밖에 되지 않았다.

"이 자리에서 죽여주마!"

진무홍이 공력을 끌어올렸다.

시간을 계산하면 단 한 수를 펼칠 수 있었다. 이것으로 반드시 청월의 명줄을 끊어놓아야 했다.

"용혈천애장!"

쩌렁쩌렁한 외침과 함께 손에서 한 마리의 용이 뿜어졌다.

용혈천애장은 장력 중에서도 최상의 위력을 지닌 초식이었다.

우우우우우우웅.

강력한 압력과 함께 장력이 날아들었다. 청월은 담담한 표정으로 이를 바라보았다.

장력을 피할 수는 없지만 맞설 수는 있다.

이 순간을 위해 남겨놓은 천도지체의 힘이 있었기 때문이다.

청월이 할 수 있는, 청월만의 필살기.

지금은 그것에 사활을 걸어볼 수밖에 없었다.

그는 바람에 방향에 따라 서서히 공력을 불어넣었다. 이윽고 그것은 한 자루의 거대한 바람 검이 되었다.

"가라, 천풍섬!"

외침과 함께 바람의 검이 장력을 향해 날아들었다.

바람의 검은 단숨에 용에 미간을 갈랐다. 두 토막 난 용은 근처 나무를 불태운 뒤 허망하게 사라졌다. 마지막 초식 싸움은 청월이 완벽하게 이긴 것이다.

"감히 철혈문의 구역에서 난동을 피다니."

"네놈들, 뼛조각 하나 무사하지 못할 것이다."

철혈문의 무사들이 공터로 들이닥쳤다.

그들은 새파란 검을 빼든 채로 주변을 포위했다. 청월은 적의 포위망에서 처음으로 포근함을 느꼈다.

"어때? 내 친구들이 마음에 드나?"

그는 피식 웃으며 진무홍을 응시했다.

진무홍은 그저 몸을 부르르 떤 채로 그를 노려볼 따름이었다.

"이걸로 끝이라 생각지 마라."

진무홍은 장력다발을 쏘아낸 뒤 자리를 떴고 그 뒤를 마령교도들이 따랐다.

"이젠 좀… 쉬어도 되겠지?"

청월은 스스로를 다독이며 눈을 감았다.

의식이 끈이 끊어지면서 순식간에 어둠이 찾아왔다.

\*　　　\*　　　\*

쓰라렸다.

인두가 살을 지지는 것처럼 쓰라렸다.

몸에 화기가 가득해서 그런지 땀이 홍수처럼 쏟아졌다. 불쾌한 감각이 깊어지면서 의식이 돌아왔다.

청월은 신음을 뱉으며 간신히 눈꺼풀을 들었다.

누워 있던 곳은 매우 낯설었다.

우선 산자락이 아니라 넓은 방이었고 습한 냄새가 코를 찔렀다.

"다행이야."

청월은 곁에 있는 청연화를 보며 미소를 지었다.

아마도 간호를 하다 지쳐 잠이 든 것 같았다. 얼굴에 진 검은 자국은 아마도 눈물이리라.

"고맙다."

사령안에게 감사의 말을 전했다.

만약 그가 길을 주지 않았다면 포위망을 뚫지 못해 죽었을 것이다.

청연화는 만천문으로 돌아갔을 것이고 흑룡회와 천하맹의 싸움으로 중원은 피로 얼룩졌을 것이다.

그 모든 것이 현실이라 생각하니 등골이 오싹했다.

"그래도 생각보다 괜찮은걸?"

청월은 몸을 살피며 만족스런 미소를 지었다.

장법과 장력으로 입한 상처는 상당히 심각했다.

거기다가 진기가 고갈되어 회복력도 더딜 수밖에 없었다.

그럼에도 현 상태는 놀라울 정도로 양호했다.

가격당한 왼쪽 어깨는 무리 없이 쓸 수 있었다.

복부의 통증도 심했지만 참지 못할 정도는 아니었다.

무엇보다도 근육과 혈관을 잠식하던 화기도 대부분 배출되었다.

내상의 염려도 필요 없는 셈이다.

"…깨어나셨나요?"

청연화가 눈을 뜨며 그를 응시했다. 그녀는 그를 보자마자 눈물을 터뜨릴 기세였다.

"네, 푹 자고 일어났어요."

"정말… 걱정했잖아요."

청연화가 와락 품에 안겼다.

그녀는 그의 치료과정을 상세히 지켜보았는데 이것이 상상외로 엄청났다.

화기를 흡수한다는 특수한 애벌레가 대동되었고 온몸에 벌침을 놓기까지 했다.

그 모습을 보고 있자니 청월에겐 더 이상 가망이 없는 것처럼 느껴졌었다.

"아파요."

청월이 얼굴을 찌푸리며 하소연했다.

평소라면 장난으로 받았겠지만 지금은 이 정도로도 충분

히 괴로웠다.

"안 돼요. 이 정도는 모자란다구요."

청연화는 그렇게 말하고 조금 더 그를 괴롭혔다.

시끌벅적한 재회 이후 잠시 침묵이 흘렀다. 두 사람은 서로를 보며 작게 미소를 지었다.

살아남았다.

이번에도 결국은 살아남은 것이다.

마령교주의 손아귀에서 벗어난 것은 그들의 노력과 하늘의 도움이 함께했기에 가능한 일이었다.

당시를 떠올리면 아직도 가슴이 콩닥거렸다.

"근데 지금부터는 어떻게 해야 하는 거죠?"

청연화가 풀 죽은 표정으로 운을 뗐다.

현재 두 사람은 철혈문에 구속된 상태였다.

마령교에 죽임을 당하진 않았지만 결코 좋은 상황이라 볼 순 없었다.

"걱정 마세요. 오히려 잘된 일이에요."

"잘된 일이라니요?"

청연화가 고개를 갸웃했다.

그의 말은 아무리 생각해도 상식에 벗어났다. 천하맹 소속에 청월을 철혈문에서 곱게 볼 리가 없지 않은가.

"자세한 건 있다가 이야기할 게요."

청월의 시선이 문을 향했다. 누군가가 접근하는 기척을 읽은 것이다.

드르르르륵.

시원한 문소리와 함께 한 쌍의 남녀가 나타났다.

청월은 그들을 보고 입을 다물지 못했다. 그 주인공이 일전에 헤어졌던 일훈과 진소연이었기 때문이다.

이 만남을 어떻게 받아들이면 좋을까.

"네가 왜… 여기 있어?"

청월이 더듬거리며 물었다.

"보시는 대로. 수연이가 철혈문주의 외동딸이야. 치료하고 나서 조금 머물게 됐다."

"오랜만에 뵙네요. 이렇게 재회할 줄은 몰랐어요."

진소연이 살갑게 인사를 건넸다.

그가 넋을 놓고 있자 일훈이 다가와 등짝을 때렸다.

짜아악 하는 소리와 함께 화끈한 통증이 퍼졌다.

아무래도 꿈속의 일은 아닌 것 같았다.

진소연이 보통 여인이 아닐 거라 생각은 했지만 설마 철혈문주의 딸일 줄은 몰랐다.

지금 보니 화룡천과 혈호삼귀가 함께한 이유도 알 것 같았다.

두 사람은 청월이 편히 눕도록 하고 곁에 앉았다.

먼저 운을 뗀 것은 일훈이었다.

"몸은 좀 어때?"

"생각보다 훨씬 좋아. 당장 무공을 써도 괜찮을 것 같은데?"

청월이 몸을 살피며 말했다.

몸속의 화기는 대부분이 배출되었는데 이 정도면 천도지체의 자생력으로 극복 가능했다.

장법에 당한 어깨와 옆구리도 전에 비하면 양호했다.

"당연히 그래야지. 귀중한 재료에 이 몸의 솜씨까지 더해졌으니까."

일훈이 웃으며 말했다.

처음 청월을 마주 쳤을 때 오히려 그가 놀랐다.

천하맹에 있어야 할 청월이 어째서 철혈문의 세력권에 있는가.

도무지 이해할 수가 없었던 것이다. 하지만 의문보다는 친구를 살려야 한다는 마음이 더욱 절실했다.

"아, 뜨거. 이놈이 난로를 집어삼켰나?"

그는 청월의 맥과 체온을 잰 뒤 얼굴을 찌푸렸다.

가장 큰 문제는 몸속에서 불어나는 화기였다. 이를 제압하지 못하면 피가 끓고 종국에는 장기까지 녹아내릴 수 있었다.

"이봐, 북빙충하고 한설버섯, 비원침봉 준비해."

"네? 그것들 다 어떻게⋯⋯."

일훈의 보조의원 노릇을 하는 복철이 화들짝 놀랐다. 일훈이 말한 재료가 하나같이 진귀했던 탓이다.

"그런 식으로 나오면 어떻게 할지? 내가 손을 놓으면 진수연이는 죽을 텐데?"

"⋯문주님께 말씀드리고 구해 보겠습니다."

복철이 보고를 올린 후 이틀 뒤, 재료가 모두 모였다.

일훈은 그동안 갈고닦은 실력으로 치료에 전념했다.

그 결과 닷새 만에 청월의 화기를 모두 잡았다. 모두 일훈이었기에 가능한 일었다.

일훈은 그동안의 일을 담담하게 말해주었고 청월은 이를 가만히 들었다.

"고맙다."

그는 진심을 담해 말했다.

일훈은 그에게 진료권 한 장을 받고 흑룡회에 넘어갔다.

자신의 신념까지 꺾고 치료에 임한 것이다.

그를 믿어주고 위험까지 무릅쓴 일훈에게 어떻게 감사를 표해야 할까.

청월은 이를 알지 못해 말을 잇지 못했다.

"됐다. 나도 귀중한 걸 얻었으니까."

일훈의 얼굴에 함지박한 미소가 걸렸다.

그의 한 손은 어느새 진수연의 손을 꼭 붙잡았다. 그 모습은 마치 부부지간처럼 자연스럽게 보였다.

"부끄럽게. 다 보는 앞에서 이러지 마세요."

진수연의 볼이 복숭아처럼 붉게 물들었다.

쑥스러워하기는 하지만 손길이 싫지는 않은 기색이었다. 청월은 그들 사이에 미묘한 기류를 읽어냈다.

"너… 혹시 진 소저와……."

말을 다하지 않았지만 그 뜻은 모두가 알았다.

일훈 역시 피식 웃을 뿐 거기에 긍정도 부정도 하지 않았다.

그저 주변의 기척과 진수연을 눈치를 살필 뿐이었다. 잠시 침묵이 흐른 뒤 일훈이 운을 뗐다. 망설이던 전과 달리 눈빛이 단호하고 또렷했다.

"어차피 수연이의 병은 단번에 낫는 게 아니야. 평생 관리가 필요하다고. 그런 거면 차라리 배필로 사는 게 좋지."

일훈은 그렇게 말하고 진소연을 응시했다.

진소연은 일훈과 청월을 번갈아 보더니 고개를 끄덕였다.

그녀도 일훈에게 마음이 있는 모양이었다. 청월은 두 사람을 보며 환하게 웃었다.

둘이 붙은 것을 보니 상당히 잘 어울렸다.

능글맞은 일훈이 사고를 치면 진소연이 이를 수습하느라

진땀을 빼는 전개가 되지 않을까.

그런 일들을 생각하니 괜시리 웃음이 터졌다.

"축하는 못해줄망정 웃냐?

"미안 미안. 철혈문주는 두 사람을 허락한 거야?"

"임마. 당연하지."

일훈이 기다렸다는 듯 대답했다. 어깨를 펴고 가슴을 쭈욱 내미는 건 예전부터 자랑할 때의 버릇이었다.

"나는 중원에 둘도 없는 명의라고. 사윗감으로 부족할 게 없지, 안 그래?"

"네, 맞아요."

일훈에 말에 진소연이 맞장구를 쳤다. 예비부부라서 그런 지 호흡이 찰떡같이 맞아떨어졌다.

청월은 두 사람이 잘 어울린다면 한마디를 더 보탰다.

한차례 대화를 주고받은 뒤 침묵이 흘렀다.

지금까지는 화기애애하게 과거를 말했지만 이제 앞으로를 논하지 않으면 안 됐다. 말을 꺼내지 않았다만 해결해야 할 문제가 산적해 있었다.

"청월 공자에게 궁금한 것이 있어요."

진소연이 청월의 기색을 살핀 뒤 입을 열었다.

"말씀하세요."

"어째서 철혈문의 세력권에 오신 겁니까? 그리고 산에 진을 쳤던 무사들은 또 누구죠?"

진소연이 진지하게 물었다.

방금 전까지의 미소와 웃음도 싹 사라졌다. 청월은 마치 전혀 다른 사람을 대하는 느낌을 받았다.

"말을 하자면 매우깁니다만……."

"그래도 모두 해주셔야 해요. 그렇지 않으면 제가 곤란합니다."

진소연이 말했다.

일훈이 청월의 병을 살렸다면, 그녀는 청월의 목숨을 살렸다. 청월을 발견한 최고장로가 그를 단칼에 죽이려 했기 때문이다.

"정파 새끼에겐 한 줌의 공기도 아깝다."

악천운은 그렇게 말하고 도를 빼 들었다.

그의 도는 당장에라도 청월의 목을 베어낼 것 같았다. 그도 그럴 것이 천하맹 무리가 신강지방에서 흑룡회를 도발하고 있었기 때문이다.

그런 상황에서 청월을 곱게 보는 일은 불가능했다.

"……."

"……."

평 무사는 물론 각주 급의 무사들까지 모두 침묵을 지켰다.

화가 난 악천운은 무슨 짓을 할지 몰랐다.

자칫 잘못 나섰다간 그들의 목이 대신 허공을 날 수 있었다. 바로 그 순간 진소연이 용감하게 나섰다.

"아버님, 제 말씀을 한 번 들어주십시오."

"비켜라."

"이분은 일전에 저를 호위하며 복귀를 도운 분입니다. 또한 의원에 동료기도 하지요. 사정이 깊은 듯하니 이야기라도 들어봐 주세요."

말을 마침과 동시에 악천운의 도가 허공을 갈랐다.

그는 도로 땅을 세차게 내려친 뒤 돌아섰다.

"네 이야기를 들어주는 것도 한 번뿐이야. 이유가 시답지 않으면 모두가 보는 앞에서 도륙하겠다."

악천운은 위협조로 말하고 집무실로 복귀했다.

청월은 진수연의 이야기를 다 듣고 난 후 신음을 흘렸다.

상황이 생각보다 심각했다.

신강에 천하맹의 무사들이 있다면 본대가 서장을 덮치는 것도 금방이었다.

아니, 어쩌면 서장에는 알게 모르게 혈투가 벌어진지도 몰랐다.

"진 소저, 한 가지 부탁이 있습니다."

청월은 잠시 뜸을 들인 뒤 말을 이었다.

"문주님과 만날 수 있게 자리를 만들어주세요. 자세한 이야기는 문주님께 하겠습니다."

"…아니요. 그건 안 됩니다."

진소연은 청월의 제안을 단박에 거절했다.

뜻밖의 반응에 이유를 묻는 것도 잊어버릴 정도였다.

"공자에겐 휴식이 더 필요합니다. 게다가 아버님이 공자를 보면 다시 노기를 터뜨릴지도 몰라요. 그러니 상황 설명은 제게 맡겨주세요."

진소연이 말을 이었다.

지금 청월과 문주를 보게 해도 이득이 없었다. 중간자인 그녀가 나서는 게 가장 좋았다.

"진 소저는 마음씨가 비단처럼 곱군요."

청월은 피식 웃으며 몸을 일으켰다.

갑작스럽게 일어나자 세 사람이 함께 그를 다시 눕히려 했다.

하지만 청월은 신법을 밟으며 간단하게 자리를 피했다.

셋 사람이 건진 것은 오로지 청월이 남긴 신형뿐이었다.

"그래도 이야기는 직접 하겠어요. 진 소저보다 오히려 제 말이 효과적일 겁니다."

"…말려도 듣지 않으실 거죠?"

진소연이 힘없이 웃었다. 그리고 따라오라는 듯 앞장서서 걷기 시작했다.

"괜찮겠어요?"

청연화가 부축을 하기 위해 바짝 붙었다.

그녀의 생각엔 청월이 움직이는 게 시기상조로 보였다.

"목적지에 다 왔어요. 주저앉을 시간이 없답니다."

청월이 시선이 하늘에 닿았다.

철혈문주를 설득할 수 있다면 빠르게 서장에 닿을 수 있었다.

비극의 씨앗도 잠재우고 천하맹 식구들과도 재회하는 셈이다. 의식을 차린 이상 시간을 허투루 쓰고 싶지 않았다.

철혈문을 가로지르는 가운데.

몇몇의 무사가 청월을 응시했다.

그들의 시선에는 숨길 수 없는 적의와 경계심이 묻었다.

오늘 일면식을 하는 게 분명하거늘 마치 수십 년간 보지 못한 원수를 대하는 눈빛이었다.

청월은 그저 쓴웃음을 삼켰다.

'이것이 정파와 사파의 괴리이구나.'

두 세력에 뿌리 깊은 반목을 체험했다.

만약 이번 기회에 간격을 잡지 못한다면 그것은 영영 좁혀지지 않을지 몰랐다.

생각을 하며 걷는 사이 만천악의 집무실에 도착했다.

"잠시만 기다려주세요."

진소연이 먼저 안에 들어갔다.

청월에 대한 이야기를 미리 전하는 것이다.

그녀는 곧 흙빛 얼굴로 밖에 나왔다. 청월을 향한 시선에 미안함이 담겼다.

"사정은 말씀드렸지만 심기가… 불편하신 것 같아요."

"그래도 청월이를 믿어보자. 생긴 것보다는 듬직한 녀석이니까."

일훈이 칭찬인지 아닌지 모를 말을 뱉었다. 그 나름대로 청월의 부담을 덜어주는 화법이었다.

"모든 일이든 해보지 않으면 모르는 일이죠. 맡겨주세요."

"알겠습니다."

진수연이 빙긋이 웃었다.

청월은 청연화를 밖에 세워두고 먼저 방에 들어갔다. 그에게는 반드시 그래야만 하는 이유가 있었다.

쎄에에에에에엑.

문을 열자마자 파공성이 뿜어졌다.

공력이 서린 비도 다섯 자루가 급소를 노렸다.

하나라도 맞았다간 비명횡사를 면치 못할 상황이었다. 청월은 급하게 신법을 밟았다.

비도들은 아슬아슬하게 옷자락을 스쳤다.

좁은 공간에서 더욱 위력적인 회풍신법이 빛을 발한 것이다.

"……"

만천악이 청월을 꿰뚫어 보고 미간을 찌푸렸다.

화룡천을 상대했다는 말도 완전한 과장은 아닌 모양이었다.

"앉거라."

그는 아무 일도 없다는 듯 한마디 했다.

만천악이 차를 들이켜는 것을 보고 청월도 따라했다.

상대는 철혈문의 문주이자 흑룡회의 최고장로였다. 모든 일에 신중을 기하지 않으면 안 됐다.

침묵이 짙어지는 가운데 만천악이 운을 뗐다.

"궁금하군."

그는 차가운 시선으로 청월을 응시했다.

현재 그의 심기는 몹시 불편했다.

깨끗하고 고고한 척을 다하던 천하맹 놈들이 신강지방을 기습한 것이다.

그러니 청월이 이곳에 나타난 것도 침략의 의도로 볼 수밖에 없었다.

"내가 널 살려둬야 할 이유가 있을까?"

"있습니다."

청월은 망설임없이 답변했다.

"시원시원하게 말하는 건 마음에 드는군. 크크큭."

만천악의 신경질적인 웃음이 방에 퍼졌다. 하나 그의 표정은 여전히 돌처럼 딱딱했다.

"하지만 쓸데없는 소리를 지껄였다간 네놈의 껍질을 산 채로 벗길 줄 알아라."

그는 다시금 청월을 위협했다.

청월은 이에 개의치 않고 천천히 대화를 풀어갔다. 모든 상황과 단서의 그의 손아귀에 있었다.

"제가 장로님을 직접 뵙고자 한 것은 한 가지 중요한 사실이 있기 때문입니다."

"……"

"천하맹과 흑룡회는 다툴 필요가 없습니다. 진정한 적은 따로 있으니까요."

"진정한 적?'

만천악이 얼굴을 찌푸렸다.

중원에 앙숙이라면 그 누구라도 천하맹과 흑룡회를 꼽을 것이다.

그런 그들에게 진정한 적이 있다니 이해할 수 없었다.

"그렇습니다. 그들은 두 세력을 이간질한 뒤 중원을 집어삼키려합니다. 그들은 바로……"

청월은 잠시 뜸을 들인 뒤 말을 이었다.

모든 사건의 배후, 그들의 정체를 아는 것은 오로지 중원에 청월뿐이었다. 이제 그의 입에서 진실이 씨앗처럼 퍼지는 것이다.

"마령교입니다."

청월의 말이 만천악의 가슴을 뒤흔들었다.

마령교라는 이름을 들은 것도 오랜만이었고 그들이 아직 무림에 존재한다는 것도 의외였다. 분명 그들은 흑룡회의 습격으로 전멸했을 터인데.

"문주님께서도 청성파에서 있었던 비극을 알고 계실 겁니다."

"물론이다."

"이를 조종한 것이 마령교입니다."

"…진심으로 하는 소리인가?"

만천악이 어처구니없다는 듯 혀를 찼다.

청성파에서 혼약이 깨졌던 건 천하맹의 음모였다. 설마 기억 저편에 있던 마령교에게 죄를 전가할 줄은 몰랐다. 하지만 이야기는 그뿐만이 아니었다.

청월의 말은 갈수록 사람을 놀라게 했다.

청성파의 혼약뿐 아니라 최근에 있었던 일련의 혼란까지. 모든 일의 배후로 마령교를 지목한 것이다.

만천악은 청월의 말을 음미하다가 운을 뗐다.

"…근거는 있는 것이냐?"

그가 조심스럽게 물었다.

청월의 말이 진실이라면 흑룡회와 천하맹이 싸울 이유는 없었다.

반목의 원인을 제공한 마령교를 처치해야 했다.

그들이 아니었다면 두 세력은 지금까지 평화를 유지한 채 지낼 수도 있었으니까.

"청 소저, 안으로 들어와 주세요."

청월의 말과 함께 청연화가 방으로 들어왔다.

만천악은 그녀를 보는 순간 온몸이 얼어붙는 것 같았다.

본 적이 있었다.

아주 오래전이지만 그녀를 본 적이 있었다.

전과 변한 것이 없었기에 알아보는 것도 어렵지 않았다.

흑룡회주의 장남과 함께 죽었다고 알고 있던 청성파의 여식이 살아 있었던 것이다.

놀라운 진실 앞에서 만천악은 하마터면 소리를 지를 뻔했다.

"안녕하십니까? 청연화라고 합니다."

그녀의 목소리가 방 안을 맴돌았다.

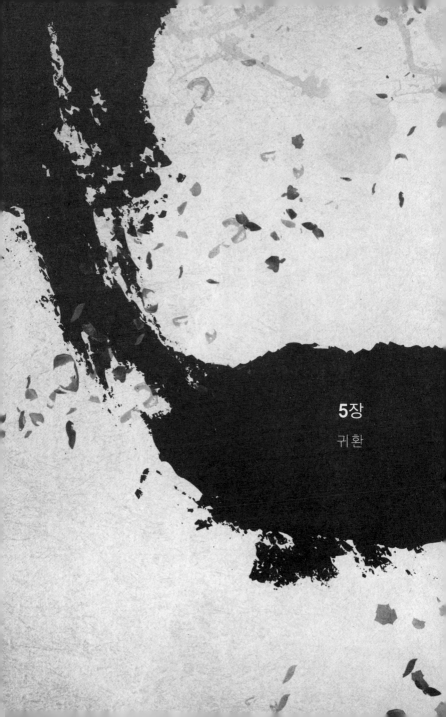

**5장**

귀환

서장지방의 어느 야산.

하늘은 깜깜했으며 차가운 초승달이 중앙에 걸렸다. 바람이 세차게 불자 야영지의 천막이 춤을 추듯 흔들렸다.

천 이백여 명의 천하맹 정예.

그들은 각자 편성된 조에 따라 어렵게 잠을 청했다.

흑룡회와의 일전이 바로 내일로 다가왔다.

상대가 상대인만큼 누구도 생존을 자신할 수 없었다. 그들이 할 수 있는 건 오로지 이를 악물고 두려움을 쫓는 것뿐이었다.

밤벌레만이 홀로 우짖는 가운데 밤은 깊어만 갔다.

"이 밤에 어딜 나가나?"

취걸아가 백담천을 붙잡았다.

백담천이 기척을 죽인 채 천막을 빠져나왔기 때문이다.

이 시간에 홀로 움직이는 건 그다지 달갑지 않았다. 습격의 위험성은 둘째 치고 백담천의 마음이 편안하지 않은 것 같아 걱정되었다.

무사에게 있어서 가장 중요한 것은 평상심이었으니까.

"조금 걷고 싶군."

"꼭 오늘이어야 하나?"

"그럼. 이렇게 또 걸을 수 있을지 모르는 일이니까."

백담천은 그렇게 말하고 손짓을 했다. 따라나서겠다는 취걸아를 물리친 것이다.

"미안하지만 혼자 있고 싶네."

"…백발이 성성한 놈이 겨울을 타는군."

취걸아가 품에서 술병을 꺼냈다.

안에는 도수가 높은 고량주가 출렁거리고 있었다. 바람에 흘러드는 향이 깊은 것을 보니 혼자 마시려고 아껴둔 것 같았다.

"네가 흔들리는 게 무림이 흔들리는 거다. 그 정도는 알고 있을 거라 믿는다."

취걸아는 그렇게 말하고 휘적휘적 사라졌다.

멀어지는 지기를 보며 백담천은 작게 웃었다.

말하지 않아도 마음을 헤아리는 친구가 있다는 것. 그것은 그가 가진 두 가지 축복 중에 하나였다.

백담천은 술을 챙긴 뒤 천천히 야영지를 벗어났다.

일각 정도 걷자 넓은 공터가 나타났다.

그 끝자락에 서니 산 아래의 정경이 한눈에 펼쳐졌다.

가장 먼저 눈에 들어온 것은 물론 천하맹이 펼친 야영지였다.

불을 피우지는 않았지만 달빛으로도 그 모습을 한눈에 살필 수 있었다.

"......"

마음이 편치 않았다.

내일이면 이 많은 인원이 흑룡회와 혈전을 벌이게 된다.

천하맹이 이긴다 하더라도 사상자와 부상자는 육 할을 넘으리라.

어디 그뿐인가.

다친 이들의 가족들과 그와 관련된 사람들은 또 얼마나 슬프고 괴로울까.

그 모든 것을 생각하면 탄식이 터졌다.

'내 잘못이지.'

백담천은 입술을 깨물었다.

천하맹주의 자리에 앉아서도 비극의 씨앗을 막지 못했다. 그 원인을 돌린다면 자신의 실책이 가장 큰 요인이 될지도 몰랐다.

'결국엔 너도 길을 찾지 못한 것이냐?'

백담천의 시선이 달을 향했다.

그는 비밀임무를 맡고 떠난 청월을 떠올렸다.

쌍검술을 쓰는 정의롭고 강직한 청년.

그라면 무언가를 해내주지 않을까 하고 내심 큰 기대를 했다.

하지만 서장에 도착할 때까지도 그는 별다른 기별을 보이지 않았다.

아마 잠입에 실패해서 죽지 않았을까.

백담천은 그 정도만 어렴풋이 추측할 따름이다.

꿀꺽꿀꺽.

술병을 꺼내 나발을 불었다.

화끈한 고량주가 식도를 할퀴고 내장을 달구었다.

그는 술맛을 잘 몰라서 예전부터 술자리를 즐기지 않았다. 그저 적당히 술을 마시고 타인의 이야기 장단에 맞출 따름이었다.

그런 그를 두고 동료들은 이렇게 놀렸다.

"자네는 신선이 되기엔 글렀어."

"그럼 그럼. 인생의 쓴맛을 모르는데 어찌 우화등선하겠는가."

그때의 기억을 떠올리며 백담천은 피식 웃었다. 그때 하지 못했던 말이 아직도 목구멍에 걸려 있었다.

"그런데 술맛을 아는 자네들은 어째서 아직도 네 밑에 있는 건가?"

피식 웃은 뒤 술을 반쯤 들이켰다.

흑룡회와의 결전을 앞두고서야 그는 진짜 술맛을 알 것 같았다.

쓰다고 해야 할까 달다고 해야 할까.

정의할 수 없는 오묘함이 인생을 닮은 것 같았다.

저벅저벅.

기척이 느껴져 뒤를 돌아보았다.

달빛에 반짝이는 인물은 바로 장무룡이었다. 그는 뒷짐을 쥔 채 백담천과 적당히 거리를 벌였다.

"의외로군."

장무룡이 한마디 했다. 그의 시선이 백담천과 그가 쥔 술병 사이를 교차했다.

"자네가 혼자서 술을 마시는 건 처음 보는군."

"그럴 만한 이유가 있기 때문이지."

백담천을 그 말을 끝으로 입을 다물었다. 장무룡 역시 별다른 말없이 하늘을 응시했다.

강호행을 함께했던 이십 년 지기였지만 그들 사이엔 얼음보다도 차가운 냉기가 흘렀다.

"만족하는 가?"

백담천이 먼저 운을 뗐다.

술기운에 흐리멍덩하던 모습은 온데간데없었다. 지금의 그는 천하맹을 호령하던 맹주 그 자체였다.

"자네의 계략으로 중원은 다시 피바다가 될 것이야."

"말하지 않았던가? 흑룡회를 뿌리 뽑는 것이 영원한 평화를 가져오는 일이라고!"

두 사람의 시선이 팽팽하게 부딪쳤다. 보이지 않는 불꽃이 허공에서 불타고 있었다.

오랜 침묵 끝에 장무룡이 백담천을 향해 손을 뻗었다.

"한잔 주게."

장무룡의 말에 백담천이 술병을 던졌다. 하나 술병은 장무룡의 손에 닿기 전에 팍 하고 터졌다. 백담천이 공력을 뿜어 병을 터뜨린 것이다.

"……"

장무룡의 옷은 반쯤 젖었으며 표주박의 파편이 곳곳에 눌러 붙었다.

"많이 드시게. 잠시 후면 비릿한 피 맛도 봐야 할 테니까."

백담천이 공터를 벗어났다. 그가 떠난 후 공터에 차가운 웃음소리가 감돌았다.

*　　　*　　　*

날이 밝았다.

야영지에는 천하맹의 무사들이 늠름하게 도열해 있었다. 길었던 밤이 지나고 진군의 하루가 밝은 것이다. 백담천은 단상에 올라 무사들을 훑었다.

느낄 수 있었다.

얼굴만 보아도 느낄 수 있었다.

그들의 미친 듯이 박동하는 고동과 손에 땀을 쥐게 하는 긴장감을 말이다.

천하맹주인 그조차도 흑룡회와의 전면전이 떨렸다.

천하맹의 무사들의 불안감은 물론 그보다도 갑절은 클 것이다.

"오늘은 나와 여러분 그리고 중원에 있는 모든 이에게 중요한 날이다."

맹주는 무사들을 보며 말을 이었다.

목소리에 공력을 담자 그 크기는 산 전체를 울릴 정도로 쩌렁쩌렁했다.

"무림을 수없이 기만하고 도발한 흑룡회를 가만히 둘 것인가? 정파의 대의로 이들을 섬멸하는 것이 바로 천하맹의 할 일이다."

"우와와와와와."

"흑룡회를 무찌르자."

백담천의 말에 무사들이 함성을 질렀다.

누가 먼저라고 할 것 없이 터진 함성이었다. 혈전을 앞두고 나서 서로의 의식을 마비시키는 의례를 하는 셈이다.

"이 기세로 단번에 흑룡회를 쓸어버린다. 천하맹의 파도가 얼마나 매서운지 이번 기회에 보여주도록."

백담천의 연사가 끝난 뒤 이동이 시작되었다.

천하맹의 병력은 총 천이백 명이었으며 이를 이백 명으로 나뉘어 여섯 조로 분리했다.

각 조의 조장은 천하맹에 단장들이 맡았고 그 안에 부 단장과 대장이 한 명씩 있었다.

타다다다닥.

대부대가 이동을 시작했다.

그들의 움직임으로 산이 흔들렸으며 땅이 요동쳤다.

산 동물들은 기겁을 하고 자리를 피하기 바빴다.

이번 공격에 특별한 작전은 없었다.

천하맹은 병력을 한 곳에 집결하여 흑룡회의 연합 고리를 끊어낼 생각이었다. 정직하지만 묵직한 한 방을 준비한 것이다.

'드디어 시작이구나.'

백담천이 신법을 밟으며 선두에 섰다.

그는 무각과 함께 황룡전대 인원과 이동했다. 사기를 올리기 위해선 정예들과 앞장을 서는 편이 좋았다.

가슴이 아팠다.

정파라는 이름에 걸맞지 않은 명분과 기습. 이로 인해 희생될 양쪽을 생각하면 피를 토할 것 같았다. 하지만 이미 화살은 쏘아졌다.

그것을 되돌릴 수 있는 건 아무것도 없었다.

'자네도 결심을 한 모양이군.'

무각이 힐끔 백담천을 응시했다. 백담천은 입술을 꼭 깨문 채 검집에 손을 얹었다. 뜻을 굳혔을 때 보이는 특유의 모습이었다.

천하맹에 인원은 반 시진 가까이 달려 흑월문에 도착했다.

흑월문은 서장 초입부에 있는 문파로 도를 잘 쓰는 흑도방파였다.

"습격이다."

"서둘러 흑룡회에 서신을 띄어라."

보초를 서던 무사들이 핏발을 세우며 외쳤다.

하나 그들은 곧 권경에 맞아 즉사했다. 소림의 필살 권법인 백보신권이 펼쳐진 것이다.

"사방진을 쳐라. 한 놈도 남기지 말고 섬멸한다."

무각의 말에 무사들이 네 개로 나뉘었다.

그들은 흑월문에 사각을 장악한 채 안으로 쇄도해 들어갔다.

이에 맞서는 흑월문의 무사들은 그저 병풍처럼 쓰러졌다.

천하맹은 강했으며 무사들의 수도 압도적이었다.

뿐만 아니라 기습이라는 이점까지 가지고 있었다. 흑월문이 이를 감당한다는 것은 어불성설이었다.

"매화혈우."

백담천이 처음으로 검을 뽑았다. 그가 검을 휘두르자 반달 모양의 검강이 다발로 뿜어졌다.

쿵쿵쿵쿵쿵쿵쿵.

검강으로 인해 담벼락이 산산조각 났다.

이에 맹의 무사들이 물을 만난 물고기처럼 적의 진형으로 쏟아졌다.

"으아아아아악."

"끄어어어어억."

검을 휘두를 때마다 마두들이 비명을 지르며 쓰러졌다. 흙

바닥에는 금세 피로 강이 그려졌으며 볏단이 쌓이듯 차곡차곡 시체가 쌓였다.

누가 봐도 일방적인 학살이었다.

'어쩔 수 없다. 여기까지 온 이상.'

백담천은 이를 악물고 격전지로 뛰어들었다.

그가 살려야 하는 것은 가족과 같은 천하맹의 무사였다. 이제 와서 온정을 품어봐야 도움이 될 것은 없었다.

"지원이 올 때까지 붙잡아라."

한 중년인이 고래고래 소리를 질렀다.

그의 도는 피로 붉게 물들었는데 도를 휘두를 때마다 무사들 서넛이 픽픽 쓰러졌다. 그가 바로 흑월문주인 흑패도 강원영이었다.

"…네놈이 천하맹주인 모양이군."

강원영이 백담천을 보며 미간을 찌푸렸다. 그를 사로잡은 것은 혈향보다도 진한 매화 향기였다.

"고고하고 깨끗한 척은 다하더니 결국은 이런 식이냐? 이게 너희가 말하는 정의더냐?"

"……."

백담천은 대답을 하지 않았다.

아니, 대답을 할 수 없었다.

강원영의 말이 곧 그의 생각을 대변했기 때문이다. 하나 사람의 마음은 전염되는 것이다. 정파에는 사파에 대한 분노와 울분이 넘쳐났다.

설령 천하맹주라해도 그것을 막아낼 도리는 없었다.

'막을 수 없다면 철저하게 따르는 수밖에.'

그는 자신의 보검을 세차게 쥐었다.

"천하맹주인 줄 알았더니 사실은 벙어리인가? 크크큭."

강원영이 광소를 터뜨리며 말을 이었다.

"네놈의 목을 베어 울분을 달래겠다!"

강원영이 눈을 번쩍이며 접근했다. 곧 그의 도에서 새까만 기운이 아지랑이처럼 피어올랐다.

실전에서 단 한 번 사용한 절기인 파황도법을 사용한 것이다.

휘이이이이익.

일자로 뻗어지던 도가 열 개로 분열했다.

문제는 그것이 모두 허초가 아닌 실초라는 점이다. 백담천이 도망갈 구석은 어디에도 없는 듯 보였다.

"…가라."

"무슨 소리냐? 죽기 전에 실성했나 보군."

"편히 가라."

백담천의 검이 꽃송이처럼 유려한 곡선을 그렸다.

검선은 한 번도 끊어지지 않았으며 그것이 지나갈 때마다 강원영의 검격이 지워졌다.

마치 처음부터 공격을 하지 않았던 것처럼.

"이런 말도 안 되는……."

강원영이 눈을 부릅떴다. 하지만 백담천의 검은 어느새 머리를 향했다.

그것을 막을 수 있는 방법은 어디에도 없었다.

툭!

달콤한 매화 향기가 코끝에 스치는 순간 목이 달아났다.

흑월문주 강원영이 단 한 수만에 백담천에게 제압당한 것이다.

"……."

백담천은 강원영을 힐끔한 뒤 곧바로 다른 무사들을 상대했다.

그가 나설 때면 흑월문도들은 낙엽처럼 쓰러졌다. 중원제일검을 일개 무사들이 감당할리 만무했다.

반 시진 후 흑월문은 허망하게 멸문하고 말았다.

"우와와와와와."

"오늘에야말로 더러운 흑도무리를 소탕하자."

무사들의 함성이 주변을 가득 메웠다.

동료를 잃고 피 맛을 본 후엔 제정신을 차릴 수 없었다. 그저 흑도들을 죽여야 한다는 일념만이 전신을 지배할 따름이다.

"자축하기엔 이르다. 다음 지역으로 이동!"

백담천의 외침에 행렬이 재게 되었다.

무사들은 처음보다 더욱 매섭게 신법을 밟았다. 그들이 지날 때마다 바람에 비릿한 혈향이 담겼다.

'아직 멀었어. 흑룡회를 끝장내려면 최소한 문파 세 개는 더 무너뜨려야 해.'

백담천이 작게 고개를 끄덕였다.

지금쯤이면 흑룡회도 대책을 세우고 있을 시간이다. 그 시간을 주지 않기 위해서라도 더 많은 성과를 올려야 했다.

한 시진 후 그들은 두 번째 목적지인 철령문에 도달했다.

피를 맛본 무사들과 백담천을 비롯한 고수들의 활약으로 철령문 역시 한 식경 만에 무너졌다.

\* \* \*

하늘이 캄캄했다.

서편에서 몰려온 먹구름이 금세 하늘을 뒤덮었다.

바람이 쌀쌀한 것을 보니 금세라도 비가 쏟아질 것 같았다.

천하맹의 무사들은 철령문을 격파한 뒤 다음 장소로 이동했다.

그들의 다음 목표는 바로 악룡문이었다.

악룡문은 결코 쉬운 상대가 아니었다.

정파로 따지면 구파에 해당하는 곳이며 각종 간부를 배출한 뛰어난 흑도방파였다.

또한 흑룡회의 허리역할을 하여 다른 문파와도 꽤나 근접했다. 즉, 습격을 받더라도 금방 지원이 올 수 있다는 이점이 있었다.

'악룡문만 무너뜨려도 우리의 승리다.'

백담천은 자신했다.

그것은 허리가 부러진 사람이 힘을 못 쓰는 것과 같은 이치였다.

흑도의 허리인 악룡문이 격파당하면 적들은 중심점을 잡지 못해 각개격파당할 것이다.

즉, 이번 전투에 승패가 걸린 셈이다.

투두두두두둑.

생각이 깊어지는 찰나 빗줄기가 떨어졌다.

빗줄기는 면발처럼 굵직했으며 사정없이 몸을 내려쳤다. 비가 내린 지 반각도 되지 않았건만 온몸이 홀딱 젖는 사태가 발생했다.

'좋은 날씨군. 죄를 씻어버리기엔.'

백담천의 얼굴에 씁쓸한 미소가 어렸다.

그랬다. 차라리 비가 내리는 것이 좋았다.

피도 슬픔도 아픔도 비에 쓸려 갈 거라 생각하면 다소 마음이 편해졌다. 이번만큼은 하늘도 그의 마음을 조금 헤아려준 것이 아닌가.

문득 그러한 생각도 들었다.

빗줄기와 진탕을 돌파한 지도 어언 한 시진.

천하맹의 무사들은 드디어 악룡문에 도착했다.

악룡문은 허허벌판에 세워졌는데 거리가 가까워지니 높은 담벼락들이 그들을 반겼다.

"오늘에야말로 흑룡회를 무너뜨린다."

"저번 대혈전의 빚을 갚아주겠어."

무사들의 눈빛은 금방이라도 악룡문을 집어삼킬 듯했다.

이곳이 격전지라는 것은 모두가 알았다.

그래서인지 모두의 손이 검집에 올라왔다. 팽팽한 긴장감과 불안감을 검을 통해 달래는 것이다.

끼이이이이익.

신경을 긁은 쇳소리와 함께 악룡문의 문이 열렸다.

"우와와와와와와."

"더러운 천하맹 놈들을 박살 낸다."

악룡문의 무사들이 우르르 뛰쳐나왔다

놀라운 것은 그들의 수가 예상했던 것보다 훨씬 많다는 점이다.

천하맹에 정보에 따르면 악룡문도의 수는 많게 잡아서 삼백 정도였다.

하나 지금 달려 나오는 이들은 천하맹에 필적할 정도였다.

"이게 어찌 된 일인지……."

무각이 얼굴을 찌푸리며 백담천을 응시했다.

천하맹의 돌진은 바람과도 같이 빨랐다.

한나절이 채 지나기도 전에 상대의 문파 두 개를 박살 냈으니까 말이다.

저만한 병력이 벌써부터 진을 치고 있다는 건 불가능한 일이었다.

"혹시 우리 쪽에 간자가 있다는 건가?"

"어쩌면… 그럴지도 모르겠군."

백담천은 말을 마침과 동시에 무사들의 진군을 멈췄다.

천하맹의 흑룡회간의 거리는 고작 이백 보.

그 선만 넘는다면 곧바로 이차 대혈전이 펼쳐질 것이다. 양쪽 모두 이로 인한 부담으로 쉽게 움직이지 못했다.

"후우우우우."

백담천이 한숨이 길게 뿜어졌다.

수하들 앞에서 행동을 잘 거르던 그도 이번만큼은 탄식을 막지 못했다.

답답했다.

가슴 한구석이 꽉 막힌 것처럼 답답했다. 배배꼬인 상황처럼 몸과 마음도 꼬이고 말았다. 그가 생각했던 최악의 상황이 벌어졌던 탓이다.

양쪽의 병력이 모두 집결했으니 이제 전면전을 피할 수 없었다.

한쪽이 쓰러지기 전까지는 결코 멈추지 않을 줄다리기가 시작된 것이다.

쏴아아아아아아아.

침묵이 깊어지는 가운데 빗줄기만이 지면을 두들겼다.

양쪽은 그렇게 비를 맞으며 팽팽하고 고요한 싸움을 지속했다.

그런데 바로 그때였다.

호리호리한 체형의 사내가 천하맹 진형을 향했다. 그를 말해주었던 것 허리에 찬 두 자루의 검집이었다.

"화룡천이다."

"혈귀가 이곳에 나타났어."

무사들이 동요하기 시작했다. 혈귀 화룡천은 자타가 공인하는 흑룡회 최고의 무사였다.

그의 등장만으로 주변의 온도가 몇 도는 내려간 것 같았다.

"잔뜩 힘을 준 것 같은데 아쉽게 됐군."

화룡천이 어깨를 으쓱한 뒤 말을 이었다. 그의 입가에는 비릿한 냉소가 걸렸다.

"그러게 왜 돼먹지 않을 발상을 하셨어? 잘나고 고고하신 정도에 무사들께서 말이야."

샤르르릉 하는 소리와 함께 두 자루의 검이 세상으로 나왔다.

화룡천을 검을 쥔 채로 백담천에게 고갯짓을 했다.

"와라. 맹주라면 그 정도 강단은 있겠지?"

화룡천이 대놓고 결투를 신청한 것이다. 이로 인해 양쪽 진형이 시끌시끌해졌다.

천하맹 최고의 무사와 흑룡회 최고의 무사 간의 대결.

그것은 본 싸움에 척도를 잴 수 있는 중요한 싸움이었다.

"저놈의 도발에 말려들면 안 된다."

"맹주님, 쓸데없이 상대하실 필요 없습니다."

무각과 황룡전대원들이 결투를 말렸다.

물론 천하맹주의 실력을 믿지 못해서 그런 것은 아니었다. 혹여나 적이 암습을 하거나 암수를 펼친다면 휘말릴 가능성이 있었던 탓이다.

그리고 만약에라도 맹주가 진다면 천하맹에 사기는 곤두박질 칠 수밖에 없었다.

습격을 하러 왔다가 전멸을 당하는 불상사가 생기는 셈이다. 그 최악의 경우만큼은 막지 않으면 안 됐다.

"……."

백담천이 걷기 시작했다.

무각과 대원들이 다시 만류했지만 그것도 뿌리쳤다. 백담천의 눈에는 이미 화룡천 말고는 아무것도 보이지 않았다.

"안 된다. 이번만큼 내 말을 들어야 해."

무각이 신법을 밟으며 앞을 가로 막았다.

소림의 상승 신법인 나한보를 펼친 것이다.

하지만 맹주는 이미 매화향과 잔형을 남긴 채 자리를 벗어났다.

그의 신법이 한 박자 빨랐던 탓이다.

무각은 멀어지는 백담천을 보고 혀를 찼다.

항상 냉정함과 차분함을 잃지 않던 그였다. 그런데 오늘은 어찌 저렇게 불같은 것인지…….

"나무아미타불. 부디 천도가 함께하기를."

그가 할 수 있는 건 오로지 벗에 무사귀환을 바라는 것뿐이었다.

"……."

"……."

백담천과 화룡천이 마주섰다.

두 사람의 거리는 삼십 보 정도였는데 그들의 실력을 생각하면 얼굴을 맞대고 있는 것이나 다를 바 없는 거리였다.

"잘도 기어 나왔군."

화룡천이 피식 웃으며 말을 이었다.

"…긴 말은 하고 싶지 않군."

백담천이 담담하게 검을 뽑았다.

동시에 몸에서 아지랑이처럼 공력이 뿜어졌다. 곧 펼쳐질
피 터지는 싸움을 준비하는 것이다. 상대가 상대인만큼 방심
할 수 없었다.

일검 일검에 전력을 담아 격퇴하는 것이 최선이었다.

"저번에 못 다한 결판을 낸다. 단지 그뿐이야."

백담천이 발이 빠르게 움직였다.

선공을 펼치기로 결심한 것이다.

그는 눈 깜빡할 사이에 화룡천과의 거리를 좁혔다.

"얌체같이 기습한 주제에 제법 괜찮은 말을 하는군."

화룡천의 얼굴에 작게 미소가 피어올랐다.

지금 순간만큼은 그도 어쩔 수 없는 무사였다.

서로 힘을 확인하고 싶어 하는 것이 바로 무사의 본능이니
까.

채애애애애애앵.

검과 검이 충돌하면서 새빨간 불꽃이 튀었다.

그들은 검에 체중을 실은 채로 한동안 힘 싸움을 벌였다.
둘 중 누구도 터럭 하나 밀림이 없었다.

그만큼 팽팽한 싸움이 이어진 것이다.

"얕보면 곤란해!"

화룡천이 잠자코 있던 손을 사용했다. 드디어 쌍검술에 이점을 살리려는 것이다.

휘이이이이익.

한 자루의 검이 사선을 그렸다.

검기를 머금은 공격이었기에 결코 무시할 수 없었다.

백담천은 맞대고 있던 검을 회수한 뒤 곧바로 초식을 펼쳤다.

그의 검은 반원을 그리며 화룡천의 공격을 튕겨냈다.

하나 그것뿐이 아니었다.

검선(劍線)은 끊어질 듯하더니 화룡천의 가슴팍을 향했다. 칠절매화검의 사초식이 십사수 매화검에 육초식으로 변형을 이룬 것이다.

매화검에 극을 보지 않으면 펼칠 수 없는 진기한 검술이었다.

"재미있군. 재미있어!"

화룡천이 쌍검술로 초식을 맞받아쳤다.

주르르르륵.

두 사람은 오 장의 거리를 똑같이 미끄러졌다. 그야말로 팽팽한 힘 싸움을 한 것이다.

"이번엔 이 몸의 검을 받아보아라."

화룡천이 벼락처럼 쇄도했다.

그는 쌍검술 특유의 변칙적이고 다양한 검로로 백담천을 괴롭혔다.

얼마나 시간이 지났을까.

두 사람은 끊임없이 엉켜서 검을 주고받았다.

그들의 싸움은 이미 인간의 경지를 넘어선 듯 보였다. 움직임은 보이지 않았고 획획 바람만 지나갈 따름이었다.

그 수 싸움을 읽을 수 있는 이들도 채 열 명이 되지 않았다.

'대단하군. 맹주가 된 후에도 쉼 없이 수련을 한 건가?'

무각은 순순하게 감탄했다.

신법으로 그를 따돌릴 때부터 무언가 심상치 않음을 느끼긴 했지만 말이다.

일황오제 중에서는 자신이 가장 강하다고 생각했건만 그것은 자만이었음을 깨달았다.

'우위를 결정하는 건 불가능하다. 누가 끈질기게 집중력을 유지하는지에 싸움이지.'

무각은 자신도 모르게 이를 딱딱 부딪쳤다.

대혈전을 넘어서 무승이 된 그조차도 지금 상황에 압박감을 느끼고 있는 것이다.

채애애애애앵.

검이 충돌할 때마다 불꽃이 튀고 금속성이 터졌다.

두 사람의 싸움은 무려 반 시진가량 진행되었다.

그것도 단 한 번의 끊김 없이 말이다.

무인으로서도, 무사들을 이끄는 수장으로서도 패배하고 싶지 않았던 것이다.

"…이건?"

"대체 무슨 술수를……."

초식을 주고받던 중 동시에 몸이 굳었다.

두 사람은 상대에게 불신의 눈빛을 쏘아냈다.

무언가가 그들의 격전지로 접근하고 있었던 탓이다.

잠시 후 한 마리의 까만 말이 양 진형 사이로 파고들었다. 말을 타고 있던 건 두 명에 흑의인이었다.

"흑토마가 왔다."

"흑룡회에서 추가 전갈이 오는 거야."

흑룡회 인원들이 환호성을 질렀다.

신수(神獸)인 흑토마가 나타났다는 건 분명 길조였다. 아마도 병력을 추가로 파견한다거나 고수를 보냈다는 뜻이리라.

"멈춰라!"

말에 탄 무사가 검을 놀렸다. 그러자 초승달 모양의 검강이 무수하게 뿜어졌다. 검강은 놀랍게도 백담천과 화룡천을 노렸다.

"결국… 이 따위 짓을 벌이는군."

"웃기지 마라. 난 명령을 내린 적이 없어."

두 사람은 검막을 펼쳐서 검강을 막아냈다.

쿵쿵쿵쿵쿵쿵.

검막과 검강이 충돌하면서 흙먼지가 사방으로 튀었다. 하지만 흑토마를 탄 무사의 공격은 그것으로 끝이 아니었다.

"이건?"

"믿을 수가 없군."

백담천과 화룡천은 토끼 눈으로 서로를 응시했다.

두 사람을 압박해 오는 강력한 기운을 느낀 것이다. 이번 공격만큼은 절기를 쓴다 해도 수비할 수 없었다.

'설마 심검을?'

백담천이 말에 탄 무사를 응시했다.

그는 무기를 쓰지 않았음에도 두 사람을 공격하고 있었다.

이를 토대로 하면 심검 말고는 다른 걸 생각할 수 없었다. 설마하니 흑룡회에 저만한 고수가 있을 줄이야.

두 사람은 동시에 자리를 벌렸다.

반 시진에 긴 전투를 끝내고 처음으로 거리를 벌리는 것이다.

콰아아아아아앙.

거대한 공력이 지면을 내리쳤다.

이로 인해 흙과 잔돌들이 사방으로 뿌려졌고 두 사람이 섰던 자리에 거대한 구덩이가 생겼다.

자리를 피하지 못했다면 아예 육신이 사라졌을 공격이다.

"저자는 대체?"

"우리 흑룡회에 저런 무사가 있었나?"

모두의 관심이 흑토마에 탄 두 사람에게 몰렸다.

그는 과연 아군인가 적군인가. 이천여 개의 눈동자가 오로지 흑의인 하나에 집중되었다.

"나는 흑룡회의 사자다. 흑룡회는 지금 즉시 전투를 멈춰라."

흑의인이 품에서 금패를 꺼내들었다.

금패에는 세 마리의 말이 그려졌는데 보석처럼 찬란한 빛을 뿜었다.

금패는 다름 아닌 철혈문의 신패였다. 즉, 흑의인은 흑룡회의 최고장로이자 철혈문의 문주에게 전갈을 받고 나타난 것이다.

"흑룡회에서 보낸 전갈이 있느냐?"

"네, 전투 중이라 전달을 하지 못했습니다."

화룡천은 수하가 건넨 문서를 읽어갔다.

과연 그곳에는 천하맹과의 싸움을 중지하라는 내용이 담겨 있었다. 아쉽게도 위조의 흔적이 없는 완벽한 흑룡회의 전같이었다.

찌이이이이익.

화룡천은 종이를 찢은 뒤 바닥에 내던졌다.

흑룡회의 명령이 너무나 택이 없었던 탓이다.

그들이 전투를 멈춘다고 해도 천하맹이 가만히 있을 리가 없었다.

흑룡회의 문파를 두 개나 격퇴하고 온 자들이다. 가장 중요한 곳에서 멈춰 설 리가 없었다.

"천하맹 또한 전투를 멈추시오."

두 명의 흑의인이 말에서 내렸다.

그들은 거리낌 없이 정파 쪽으로 걸음을 옮겼다. 신위를 한 번 목격했던 탓이라 모두가 긴장한 모습을 보였다.

휘이이이이익.

복면이 벗겨지면서 잘생긴 청년이 모습을 드러냈다.

그를 확인한 순간 몇몇은 놀라 자빠질 뻔도 했다.

"천룡단 청월. 임무에서 복귀했습니다."

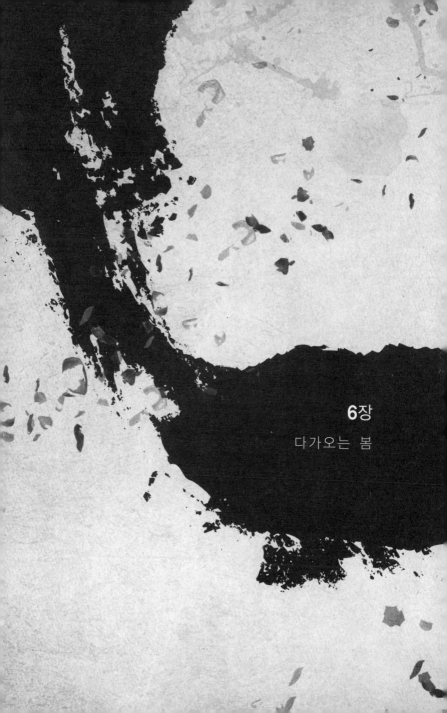

**6장**

다가오는 봄

찌푸렸던 날씨가 거짓말 같았다.

중천에는 반짝이는 태양이 걸렸고 하늘은 구름 한 점 없이 맑고 푸르렀다.

그사이에 있었던 천하맹과 흑룡회의 전투 역시 감촉같이 그쳤다.

그들은 제법 거리를 둔 채 경비에만 열을 올렸다.

"아직도 죽겠어요."

청월이 얼굴을 구기며 말했다.

그는 말을 잘 타지 못했다.

덕분에 청연화가 말을 몰고 뒤에 그 후미에 몸을 실고 간신히 서장에 도착했다.

말에 속도는 무시무시했으며 그만큼 반동도 엄청났다.

그 놀라운 경험으로 인해 청월은 멀미를 앓고 있었다.

"원래 말을 안 타던 사람이 타면 그래요."

"…이럴 줄 알았으면 연습할걸."

청월은 다시 오만상을 쓴 후 입에 손을 갖다 대었다.

아직도 속이 메스꺼웠다.

어쩌면 최근에 입었던 그 어떤 부상보다도 멀미가 고통스러웠다.

"이제 제 맘을 좀 이해하겠어요?"

청연화가 피식 웃으며 말했다.

청월에게 안긴 채로 이동했던 지난날을 가리키는 것이다. 티를 내지 않았을 뿐 그녀도 상당한 고역을 겪었다.

"네, 뼛속 깊이 이해해요."

"그럼 특별히 좋은 방법을 알려 줄게요."

청연화는 청월을 이끌고 천막을 나섰다. 그리고 먼 곳에 있는 산을 가리켰다.

"저곳을 보면서 호흡을 길게 뱉어보세요."

"정말 그런 걸로 괜찮을까요?"

"흥. 아직 정신을 덜 차렸네요. 하기 싫으면 마세요."

"아… 아니요. 그럴 리가."

청월은 손을 내저으며 청연화가 시키는 대로 따라했다.

시선은 멀리 두고 천천히 호흡을 가다듬는다.

어찌 보면 별것 아닌 말이었지만 생각보다 효과가 좋았다.

뱅글뱅글 돌던 머리가 중심을 찾아가는 느낌이 들었다.

"저는 먼저 들어가 볼게요."

"네, 아직 쌀쌀하니까요."

청월은 그녀를 보내고도 계속해서 멀미를 달랬다.

이렇게 가만히 있으니 지금까지의 일이 주마등처럼 스쳤다.

바로 삼 일 전에 만났던 흑룡회의 최고장로.

청월은 그를 설득하는 데 성공했다.

청성파의 비극이 어떻게 일어났는지, 그 배후가 누구인지, 흑룡회와 천하맹이 다투었던 근본적인 원인은 무엇인지 말했다.

만약 증거 없이 그런 말을 했다간 죽었을지도 모른다.

하나 청월에게는 청연화라는 강력한 지원군이 있었다.

"모든 일은 제가 설명드리겠어요."

청연화가 나서면서 모든 일이 일사천리로 풀렸다.

최고장로는 청연화의 얼굴을 기억하고 있었다.

뿐만 아니라 그녀의 반지가 흑룡회에서 제공한 예물반지

라는 것도 알아차렸다.

"싸움을 막는 것이 우선이겠군."

만천악이 그렇게 말하고 말을 이었다.

"흑토마를 줄 테니 당장 서장으로 가라. 흑룡회에는 미리
전갈을 보낼 테니 너는 천하맹을 막아라."

그는 거리낌 없이 청월과 청연화에게 신수(神獸)를 주었다.

과연 최고장로 다운 신속하고 정확한 결단이었다.

덕분에 두 사람은 흑토마를 타고 격전지에 도착할 수 있었
다.

'지금쯤이면 흑룡회도 시끄럽겠구나.'

청월이 속으로 중얼거렸다.

천하맹의 습격을 어떻게 다뤄야 하는지, 마령교의 이간질
은 어떻게 처분할 건지 의견이 분분하리라.

그건 정파 쪽에서도 같은 이치겠지만 말이다.

"이놈아. 무슨 생각을 그렇게 하냐?"

낯익은 목소리와 함께 뒤통수에서 불이 튀었다.

취걸아가 호리병을 던져 청월의 머리를 때린 것이다.

불시에 기습으로 아픔은 두 배가 되었다. 그는 머리를 문지
르며 고통을 달랬다

"방주님! 놀랐습니다."

"그럼 당연히 놀라야지. 나도 너 때문에 심장이 여기까지

주저앉았다."

취걸아가 검지로 홀쭉한 뱃가죽을 가리켰다.

"아무렴 심장이 배속까지 가라앉겠습니까?"

"어쭈구리. 못 본 사이에 제법 많이 컸다?"

취걸아가 호리병을 내밀며 위협했다.

하나 청월은 거기에 말리지 않고 담담하게 섰다. 곧 두 사람의 얼굴에 환한 미소가 피어올랐다.

"고생 많았다… 결국엔 네가 해냈구나."

취걸아는 따뜻해지는 코끝을 훔쳤다.

"모두가 믿어주신 덕분이죠. 그리고……."

청월은 잠시 뜸을 들인 뒤 말을 이었다.

"어떻게 될지는 좀 더 지켜봐야 하는 거니까요."

"이쯤 됐으면 장무룡이가 앙탈을 부려도 어쩔 수 없지. 암. 그렇고말고."

취걸아가 고개를 끄덕인 뒤 걷기 시작했다.

타령이 곁들여진 걸음을 신명나게 느낀 것은 착각일까.

"사람들은 다 모였다. 준비 끝내면 오거라."

"알겠습니다."

청월은 그를 보낸 뒤 천막으로 복귀했다.

청연화는 찻잔을 들고 천장을 보고 있었다.

정파로 돌아왔지만 그 속내가 마냥 기쁘지는 않을 것이다.

어떻게 보면 청성파의 비극은 그녀로 인해 시작되었다.

사람들이 책임을 물으려고 든다면 결코 피할 수 없었다.

"준비가 다된 모양이네요."

"네."

"갈까요?"

청연화는 남은 차를 들이켠 뒤 곁에 섰다.

청월은 처음으로 그녀가 작다는 느낌을 받았다.

고생을 하면서도 청연화는 늘 청월을 먼저 챙겼다.

그 때문인지 청월은 그녀를 보호대상이라고 생각지는 않았다.

아니, 오히려 든든한 스승이라고 까지 여겼다.

하지만 지금에 그녀는 한낱 여성이었다.

옛 죄를 추궁받기 위해 고향으로 돌아온 불쌍한 아낙네 말이다.

"저는 청 소저의 편이에요."

"든든하네요."

청연화의 얼굴에 달 같은 미소가 어렸다.

"그거면 됐어요. 이젠 아무것도 두렵지 않네요."

두 사람은 천천히 회의장을 향했다.

하고 싶은 말이 많았지만 서로 꾹꾹 눌러 참았다.

끝날 때까지는 아직 끝난 게 아니다. 회포를 풀기 위해선 몇 가지 고비를 더 넘겨야 했다.

두 사람은 담담하게 회의장으로 들어갔다.

안에는 기다란 탁자가 놓였는데 중앙에 천하맹주 백담천, 그 양옆으로 각 단에 단주와 부단주가 위치했다.

천하맹의 실세가 모두 한자리에 모인 것이다.

"아니… 정말이군."

"보고 있으면서도 믿기지 않아."

두 사람의 등장에 참석자들의 눈이 휘둥그레졌다.

그들의 술렁거림은 파도처럼 번져 금방 회의장 내부를 뒤덮었다.

특히나 그들이 주목한 것은 청연화의 존재였다.

모두가 죽었다고 믿었던 그녀가 아직도 살아 있던 것이다.

"네가… 살아 있었구나… 하늘이시여."

흑영 부단주 강천유의 눈시울이 붉어졌다.

그는 청연화를 힐끔하더니 이내 고개를 떨어뜨렸다.

눈물을 감추기 위해 무던히도 애를 쓰는 것이다.

강천유는 혼약식에서 살아남았으며, 청성파의 계를 잇는 몇 안 되는 생존자였다.

또한 과거에는 청연화에게 무공을 가르치기도 했다.

그를 보는 청연화의 눈에도 어느새 눈물이 고였다.

"서장까지 오느라 고생이 많았다."

백담천이 운을 뗐다. 청월을 향한 시선에는 아버지와 같은 따스함이 묻어났다.

"아닙니다. 해야 할 일을 했을 뿐입니다."

"그래, 아주 잘했네. 자네가 아니었으며 화룡천과 밤을 새도록 싸워야 했을 거야."

백담천이 농담으로 응수했다.

이에 각 단주의 얼굴에도 미소가 피어올랐다.

현 상황이 못 마땅한 것은 오로지 장무룡뿐이었다. 그는 오만상을 했으며 차로 목을 축이기에 바빴다.

"저 친구의 말을 신뢰할 수 있겠습니까?"

장무룡이 마침내 운을 뗐다.

"무슨 말입니까?"

"흑룡회의 말을 타고 흑룡회에게 전갈을 준 놈입니다. 어쩌면 이 녀석이 흑룡회의 간자일지도 모릅니다."

"뇌전단주! 말이 지나칩니다."

백담천이 쩌렁쩌렁하게 소리를 쳤다.

"청월에게 임무를 맡긴 것은 나요. 청월을 욕하는 건 나를 욕하는 걸로 생각하고 가만두지 않을 것이오."

"…알겠습니다."

장무룡이 얼굴을 구겼다.

설마 하니 이렇게까지 청월을 감싸고 돌 줄은 몰랐다.

"그럼 그동안에 일을 소상히 말하거라."

백담천의 말에 힘을 얻었다.

청월은 심호흡을 한 뒤 단주들을 차례로 훑었다.

그동안에 고생으로 필요한 건 모두 얻었다. 이제 남은 건 이들을 설득하는 일뿐이었다.

"멀게는 청성파의 비극부터, 가깝게는 최근에 벌어진 습격과 작전까지. 천하맹은 오랫동안 흑룡회와 충돌해 왔습니다."

"……."

"하지만 그 모든 일에 배후가 있다고 하면 믿으시겠습니까?"

청월의 말에 방 안이 쥐죽은 듯 고요해졌다.

정파 연합 최고봉인 천하맹과 흑도 최고의 연합체 흑룡회.

이를 누가 감히 주무른단 말인가.

"있습니다. 발칙하게도 양쪽을 멋대로 움직인 장본인이 있습니다. 그들은 바로… 마령교입니다."

청월의 설명이 이어졌다.

그는 만천문에 잠입했던 일부터 서장에 도착하기까지를 소상히 전했다.

그리고 이를 통해 마령교의 존재와 그들의 계획을 말했다.

"허허. 마령교가 배후에 있단 말인가?"

"청성파의 일까지 그놈들이 꾸민 거라니. 믿을 수가 없군."

술렁거림은 갈수록 커졌다.

청월의 말이 그만큼 충격적이었던 것이다.

흑룡회가 적이라 믿었던 그들 입장에선 날벼락이 떨어진 것과 다를 바 없었다.

"이제는 제 차례인 것 같군요."

청연화가 청월을 보며 눈짓을 했다. 그녀는 회의장 중앙에 나서서 단주들을 모두 응시했다.

"청월 공자의 말은 모두 진실입니다. 제가 살아 있다는 것이 무엇보다 큰 증거지요."

청연화 역시 그동안의 일을 털어놓았다.

마령교주를 사랑하게 된 일과 이로 인해 청성파가 무너진 일.

마지막으로 그에게 억류되어 보냈던 이십여 년의 세월을 말이다.

"내 귀가 제대로 듣는 건지 모르겠군."

"마찬가지입니다. 일이 이렇게 꼬여 있을 줄은 몰랐습니다."

그녀가 한 마디 한 마디 할 때마다 단주들이 추임새를 넣었다.

청연화의 말 역시 충격적이기 그지없었다.

단순하게 여겼던 혼약식에 그런 비사가 있을 줄이야.

그녀가 말을 마치자 회의장이 고요해졌다.

놀라운 사실이 연달아 터졌던 만큼 받아들이는 데 시간이 필요했다.

또한 두 사람이 말한 사실은 중원에 거취를 결정할 만큼 중요한 것이기도 했다.

생각에 신중을 기하지 않으면 안 됐다.

"그전에 한 가지만 확인해 보도록 하죠."

장무룡이 침묵을 깼다.

그는 도발적인 시선으로 청연화를 응시했다.

"당신이 이십 년 전에 사라진 청진설이라는 건 어떻게 증명할 셈이지?"

"증거가 필요하십니까?"

"당연하지. 이야기야 지어내면 되는 거고 인피를 썼을 수도 있으니까."

"…알겠습니다."

청연화는 그렇게 말하고 옷을 벗었다.

모두가 경악하는 가운데 강천유만이 눈을 동그랗게 떴다.

그녀의 허리에 있던 기다란 상처를 확인한 것이다. 분명 어릴 적에 다쳤던 상처였다.

"흑룡회에서 받은 반지도 있습니다. 깨물어서 확인이라도 해보시렵니까?"

"……."

"그만하거라. 진설아."

마침내 강천유가 나섰다.

그는 회의장을 박차고 나가 그녀를 꼭 끌어안았다. 그녀가 살았다는 것이, 청성파의 핏줄이 여전히 중원에 흐른다는 것이 감사했다.

두 사람은 부둥켜안은 채로 한참 동안 몸을 떨었다.

그들이 토해내는 세월의 상처는 무저갱처럼 깊었다. 이를 지켜보는 단주들도 안타까움을 금치 못했다.

"청월 공자, 한 가지 궁금한 게 있어요."

지룡단주 남궁총민이 입을 열었다. 순간 모든 이의 시선이 그에게 집중되었다.

"청성파의 일은 마령교의 일이 확실한데 말입니다. 최근에 있었던 습격과 의원이 사라진 일. 이것도 마령교의 일입니까?"

"……."

청월이 침묵을 지켰다. 그의 시선이 은연중에 백담천을 훑었다.

"맞습니다. 최근에 벌어진 일은 모두 마령교의 일입니다."

그는 고개를 끄덕이며 말했다.

장무룡이 개입한 사건도 있지만 묻어두기로 했다. 지금 같은 상황에선 오히려 모든 일을 마령교에게 몰아두는 편이 좋았다.

내부의 분열을 조장해 봐야 좋을 것이 없었다.

청월의 대답에 백담천도 만족스런 미소를 지었다.

"단주들도 대충 의견을 정했을 거라 판단합니다."

백담천이 위엄 있는 목소리로 운을 뗐다. 이젠 천하맹주인 그가 상황을 정리해야 할 때였다.

"좀 더 논의가 필요하겠지만… 이번 사생취의 작전은 여기서 중단하겠습니다."

"천하맹주! 그게 무슨 소리입니까?"

장무룡이 발끈하고 나섰다.

그는 흥분을 이기지 못해 주먹으로 탁자를 내리쳤다.

가까스로 흑룡회에 문파 두 곳을 박살 내고 이곳까지 왔다.

모든 것을 물거품으로 돌릴 수는 없었다.

오로지 복수에 칼날만을 간 세월은 또 어쩌란 말인가.

"우리가 흑룡회를 쳤던 이유가 무엇입니까?"

"……"

"그들이 우리를 도발하고 무시했기 때문 아닙니까? 그런데 이제는 그 배후가 마령교로 밝혀졌습니다. 당연히 우리의 적은 마령교가 되는 겁니다."

"…확실히 다시 생각할 문제이긴 합니다."

"저도 동의합니다."

몇몇 단주가 의견을 표했다.

지금은 백담천의 의견을 따르는 것이 옳았다.

첫째로 흑룡회를 습격한 명분이 사라졌다.

둘째로는 작전이 사전에 막혔다는 점이다.

지금 상황에선 기습이 아니라 전면전을 할 수밖에 없었다.

그렇게 되면 양쪽 모두 돌이킬 수 없는 피해를 받고 만다.

단주들은 어느새 작전을 취소하는 쪽으로 가닥을 잡았다.

"다들 무슨 소리 하는 거요?"

장무룡이 다시금 탁자를 내리쳤다.

노기로 인해 얼굴이 달아오르고 팔이 부들부들 떨렸다.

"여기까지 와서 이만한 병력을 무른다니. 제정신이오? 천하맹 무사들의 패기가 그것밖에 안 된단 말입니까?"

"뇌전단주가 말하는 건 패기가 아니라 오기입니다."

백담천은 그렇게 말하고 장무룡을 노려보았다.

장무룡 역시 이에 지지 않고 눈을 마주했다. 두 사람의 눈빛 틈에서 불꽃이 튀기 시작했다.

"멍청한 작자들."

장무룡이 획하니 회의장을 떠났다.

그가 자리를 비우자 차가웠던 분위기도 다시금 살아났다.
청월은 분위기를 살핀 뒤 말을 이었다.

"만천문이라는 문파와 그들이 숨기고 있던 땅굴. 마지막으로 서안지방에 개방도가 죽은 것을 살피면 더욱 자세한 것을 아실 수 있을 겁니다."

"알았네. 고생이 많았어."

백담천이 작게 고개를 끄덕였다.

그저 고마울 따름이었다.

만약 그가 제때에 나타나지 않았다면 무림에는 돌이킬 수 없는 혈풍이 불고 말았을 것이다.

"여러 사항을 검토하고 최종결론을 내리도록 합시다. 오늘 회의는 여기서 끝이오."

백담천의 말투는 그 어느 때보다 시원시원했다.

청월은 회의장을 나서다 한곳에 시선을 고정했다. 그곳에는 노오란 유채꽃이 흐드러지게 피었다.

"정말 봄이 오는구나."

그의 한마디가 바람을 타고 흘렀다.

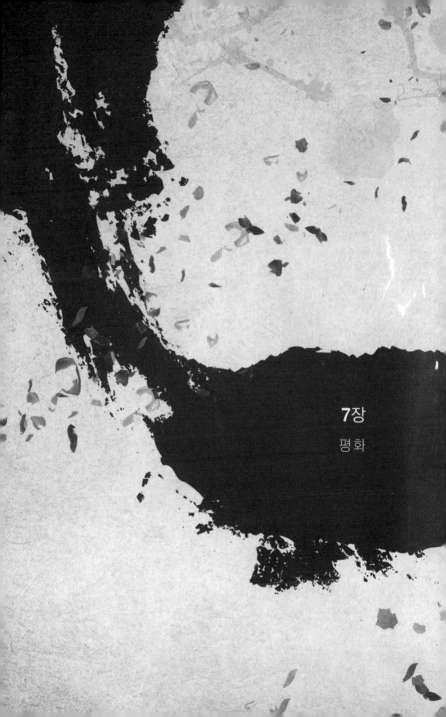

**7장**

평화

풀벌레 소리가 그윽한 밤이었다.

하늘에는 넉넉한 보름달이 떴고 계곡의 바위가 반질반질 빛을 냈다.

검푸른 물결을 보면서 세 사람이 술을 기울였다.

청월과 백담천과 취걸아가 그 주인공이었다.

그들은 모닥불을 피어놓았으며 낮에 잡은 생선으로 안주를 했다. 술자리가 제법 됐는지 곁에 수많은 빈병이 굴러 다녔다.

"그런 일이 있었군."

"잘했다. 욘석아. 내가 입이라도 맞춰주랴?"

백담천과 취걸아가 한마디씩 했다.

그들은 막 청월의 여정을 들었다.

만천문에 잠입한 것부터 이곳 서장에 오기까지의 과정을 말이다.

자세한 이야기를 들어보니 청월은 수없이 죽을 고비를 넘겼다.

함께 술자리를 하는 것이 기적으로 느껴질 만큼.

"두 분께서 시간을 끌어주지 않았다면 아무런 의미도 없었겠죠."

"그런 소리 마라. 네가 없었다면 우리는 진작 전면전을 벌였을 거야."

"암. 그렇고말고. 이런 때야말로 멋지게 건방을 떨 때라고."

취걸아가 청월의 어깨에 손을 얹었다.

청월과 시선이 맞자 누런 이를 보이며 웃었다.

"이것 참. 어떻게 해야 할지 모르겠습니다."

청월은 멋쩍은 표정으로 머리를 긁적였다.

두 사람은 천하맹의 상관이자 중원의 대선배였다. 그런 이들이 계속 그를 치켜세우니 어찌할 바를 몰랐다.

잠시 침묵이 흐르는데 취걸아가 잔을 내밀었다.

건배를 하는 것이었다.

채애애애애앵.

잔을 부딪친 뒤 단번에 술을 비웠다.

비극을 비껴내고 마시는 술이라 그런지 평소보다 더욱 달았다.

취걸아는 키야아 하는 신음을 뱉으며 말을 이었다.

"그나저나 한 가지 궁금한 게 있는데 말이야."

"말씀하세요."

"말을 타고 도착했을 때 보여준 무공은 대체 뭔가?"

"그러고 보니 나도 그게 궁금하군."

백담천 역시 호기심을 보였다.

청월이 보여준 것은 어찌 보면 심검에 한 부분 같기도 했다. 무기를 쓰지도 않은 채 지면을 단번에 갈라 버렸기 때문이다.

"그것은 천풍섬이라는 절기입니다."

청월은 쑥스러워하며 말을 이었다.

고수들 앞에서 자신의 초식을 말하려 하니 낯이 간지러웠다. 그래서 간단하게 이치만 설명했다.

바람의 흐름을 느낀 뒤 그 흐름에 공력을 싣는다는 것을 말이다.

"으음. 내가 쓸 만한 무공은 아닌 것 같군."

"한번에 그만한 공력을 쓴단 말이냐? 그럴 거면 항룡십팔 장을 더 쓰는 게 좋을 것 같은데."

두 사람은 역시나 회의적인 반응을 보였다.

'당연히 그럴 수밖에 없죠.'

청월은 그렇게 말하며 속으로 웃었다.

천풍섬이 소모하는 공력의 양은 엄청났다.

천도지체인 청월이 간신히 감당하고 있을 정도니까 말이다. 두 사람이 아무리 고수라 해도 부담을 느낄 수밖에 없었다.

"그리고 강력하기는 하지만… 파훼법이 너무 명확해."

백담천의 시선이 청월을 향했다.

천풍섬의 문제를 간파한 것이다.

한 번은 몰라도 두 번째 공격은 상대에게 먹히지 않을 확률이 높다.

견식안이 있다면 천풍섬이 바람의 궤도와 일치함을 알 것이다.

즉, 바람을 등지거나 피하는 것으로도 공격을 피할 수 있는 셈이다.

"역시 맹주님이십니다. 하지만."

청월이 뜸을 들인 뒤 말을 이었다. 그의 얼굴에는 희미한 미소가 걸렸다.

"거기에 대한 대처는 모두 끝냈습니다. 전력을 다한다면 그 누구도 천풍섬을 피하지 못할 겁니다."

청월이 장담했다.

그는 그럴 만한 이유를 충분히 가지고 있었으니까.

마령교주를 다시 만나게 된다면 반드시 변형된 천풍섬으로 승부를 보리라.

"짜식이. 잘난 체하기는."

취걸아가 못마땅한 표정을 지으며 청월의 머리를 내려쳤다.

따악하는 경쾌한 소리가 주변에 퍼졌다.

"자네는 자리에 관심이 없는가?"

백담천이 화제를 돌렸다.

나이가 어리다고는 하지만 천룡단에 머물기는 아까운 인재였다.

무공과 인성은 물론이요, 중원을 위하는 마음까지, 무엇 하나 버릴 게 없었다.

"가능하면 새롭게 단을 만들어 단주 자리를 주고 싶은데 말이야."

"청월이 정도면 문제가 없지."

취걸아가 수염을 쓸어내리며 동의를 표했다.

두 사람의 시선은 어느새 청월에게 고정되었다. 청월이 수

락만 한다면 바로 자리를 만들 기세였다.

"말씀은 감사합니다만 그럴 수는 없습니다."

청월이 천천히 말을 이었다.

"애초에 저는 명예나 지위를 얻기 위해 입맹한 것이 아닙니다. 그러니 말씀하신 것은 거두어 주셨으면 좋겠습니다."

잠시 침묵이 흐르는데 취걸아가 야릇한 표정을 지었다.

그는 배시시 웃으며 청월의 어깨를 건드렸다.

"짜식. 그러면 예린이는 어떠냐?"

"네? 갑자기 백 소저 이야기는 왜?"

청월은 당황한 나머지 시선을 피했다.

"왜긴 왜야? 바로 앞에 장인어른이 있으니까 하는 말이지."

"…자네 예린이에게 마음이 있는가?"

백담천이 눈치를 채고 헛헛하게 웃었다. 지금 생각하니 두 사람 사이에 제법 접점이 있었다. 즉, 정분이 나도 이상하지 않은 셈이다.

"자리가 싫다고 하면 예린이를 데려가도 좋네. 나도 대환영이야."

"봐봐. 맹주도 괜찮다고 하잖아. 사내자식답게 빨리 진도를 빼란 말이다."

두 사람은 청월을 놀리며 껄껄 웃었다.

반 시진이 지난 뒤 세 사람은 가져온 술을 모두 비웠다.

"하여간 고생이 많았네. 뒷일은 늙은이들에게 맡기고 푹 쉬게."

"그래. 잠도 푹 자고 말이야."

백담천과 취걸아가 무릎을 치며 몸을 일으켰다.

그들의 표정에는 어쩐지 비장함이 묻었다. 그러고 보니 백담천의 허리에는 아직 애검이 매달렸다. 청월은 수상한 낌새를 잡았다.

"혹시 흑룡회와의 싸움이 끝나지 않은 겁니까?"

"그런 걱정은 말게나."

백담천이 피식 웃으며 걷기 시작했다. 신법을 밟는지 신형이 금세 흐릿해졌다.

"빚을 갚으러 가는 것뿐이야."

목소리가 길게 울리면서 두 사람의 모습이 감촉같이 사라졌다.

청월은 한동안 멍하니 그들이 섰던 자리를 응시했다.

"그럼 가볼까?"

취기를 날려 버린 뒤 숙소로 복귀했다.

복귀는 성공적이었고 그 성취 역시 성공적이었다. 천하맹과 흑룡회의 전면전은 이미 물 건너갔으며 조만간 가시적인 성과가 나올 듯했다.

그가 중원의 평화를 지키는 데 일조한 셈이다.

"오늘도 정신이 없구나."

청월은 중얼거리며 피식 웃었다.

복귀한 뒤로 회의에 참석하고 어르신과 술자리까지 함께
한 탓이다.

아마 내일부터는 조금 더 여유가 생기리라.

"임마, 뭘 그렇게 쪼개고 있냐?"

숙소 앞에서 익숙한 목소리가 들렸다.

돌아보니 얼굴을 잔뜩 찌푸린 제갈선이 있었다.

그는 쿵쾅쿵쾅 걸어와서는 청월의 팔을 꺾었다.

"치사하게 혼자 나갔던 벌이다. 이 몸을 빼놓고 나가니까
그렇게 재미있더냐?"

"미안… 그럴 생각은 없었는데."

청월은 진심으로 말했다.

그를 무시하거나 공을 세울 생각으로 혼자 나간 것은 아니
었다.

그저 친구가 위험한 일에 말려들지 않기를 바랐을 뿐이다.

"……."

"……."

두 사람은 한동안 말없이 서로를 응시했다. 정적이 짙어지
는 가운데 제갈선이 운을 뗐다.

"다친 데는 없는 것 같아서 다행이다."

제갈선이 피식 웃었다.

마치 처음 화를 냈던 표정이 거짓인 것처럼 말이다.

"원래는 팔다리를 다 꺾고 막 괴롭힐 생각이었는데. 막상 보니까 그렇게 못하겠어."

"고맙다."

"알면 됐어. 하지만 이거 한 가지는 기억해둬."

제갈선이 말을 이었다.

그것은 단순히 뱉어내는 말이 아닌 속으로 오랫동안 곱씹은 뒤 전하는 조언이었다.

"인생에 짐이라는 건 꼭 혼자 짊어질 필요 없어. 힘들 때는 이쪽도 빌리라구."

제갈선이 웃으며 자신의 어깨를 가리켰다.

항상 혼자서 일을 도맡는 청월을 안쓰럽게 생각한 것이다. 그의 말에 청월은 가슴이 찡해지는 것을 느꼈다.

"자세한 이야기는 내일하고 너는 빨리 공터로 가봐."

"갑자기 왜?"

"둔탱아. 가보면 안다."

제갈선이 억지로 몸을 떠밀었다.

청월은 영문도 모른 채 그가 정한 장소로 향했다.

한 식경 정도 걸으니 산 아래가 보이는 명당에 도착했다.

그곳에서 그를 기다렸던 건 바로 백예린이었다. 그녀는 커다란 참나무 밑에 섰는데 달빛으로 인해 피부와 머리가 보석처럼 빛났다.

"청월… 공자?"

백예린의 눈이 동그래졌다.

놀란 것을 보니 그녀도 청월이 올 것을 몰랐던 듯했다.

"오랜만이에요, 백 소저."

청월은 환하게 웃으며 그녀의 곁에 섰다.

시간으로 따지면 육십 일 정도 보지 못했다. 하나 심적으로는 일 년이 지낸 뒤 재회하는 기분이 들었다.

청월은 슬쩍 백예린을 훔쳐보았다.

그녀는 변한 것 없이 아름다웠다.

옥처럼 맑은 피부도 사과처럼 탐스러운 입술도 그대로였다.

이렇게 그녀를 보고 있자니 야릇한 감정이 피어올랐다.

"다친 데는 없는 건가요?"

백예린이 걱정스런 표정으로 청월을 훑었다.

"부상이 조금 있었지만 지금은 다 나았어요."

"다행이네요. 그런데… 얼굴이 수척해 보여요."

"하하하. 그런가요?"

청월이 멋쩍게 웃었다. 고생한 흔적을 완전히 지울 순 없는 모양이었다.

"백 소저도 건강한 것 같아서 다행이에요."

"저요?"

"네, 혹시나 흑룡회와 전면전을 하게 되면 백 소저도 위험해질 수 있으니까요."

청월의 말에 백예린이 웃었다.

재회를 한 후 처음 웃는 것이다. 뜬금없이 터진 웃음에 청월은 그저 어리둥절할 따름이었다.

"갑자기 왜 그러시죠?"

"참, 청월 공자답네요."

백예린이 미소를 띤 채 말을 이었다.

"그 힘든 임무 중에도 제 걱정을 할 틈이 나던가요?"

"……."

"청월 공자는 맹주님도 못 말릴 거예요."

그녀는 그렇게 말하고 어깨를 꼬집었다. 손이 제법 매웠기에 청월은 으악 하고 비명을 질렀다.

"저하고 제갈 공자를 걱정시킨 벌이에요."

"…네."

청월은 힘없이 대답했다.

백예린에게 반박할 수가 없었다. 상의 없이 나간 것은 분명 그의 잘못이었으니까.

그들은 한동안 침묵을 지키며 산을 굽어보았다.

산 아래로는 널따란 갈대밭이 펼쳐졌다.

바람이 불 때마다 갈대들이 이리저리 춤을 추었는데 두 사람의 어깨도 어느새 그 움직임을 따랐다. 먼저 운을 뗐던 건 백예린이었다.

"들려주세요."

"네? 뭘를요?"

청월이 놀라서 물었다.

"공자가 그동안 어떤 고생을 했는지 말이에요."

"…들어도 재미없을 텐데요."

"그건 제가 판단할 게요."

백예린이 뜻을 꺾지 않았기에 청월은 결국 입을 열었다.

처음에는 간단히 몇 가지만 말하려 했다. 하지만 막상 입을 여니 맘대로 되지 않았다.

백예린이 눈을 빛내며 들어주니 봇물이 터지듯 말이 쏟아졌다.

그래서 이야기는 자정을 넘기고 말았다.

"……."

긴 대화 끝에 다시 찾아온 침묵.

하나 그 침묵은 어색함을 견디지 못하는 종류가 아니었다.

그저 언어가 필요치 않아서 흐르는 침묵이었다.

이러한 침묵이라면 몇 시간이 흘러도 상관이 없으리라.

청월은 가만히 백예린을 응시했다.

좋았다.

그녀와 나란히 설 수 있다는 게.

달빛을 받고 고즈넉한 풀벌레 소리를 들을 수 있다는 게 좋았다.

술을 마셨을 때보다 지금이 더 몽롱한 것도 착각은 아니리라.

'그래 바로 이거였지.'

청월의 얼굴에 미소가 걸렸다.

임무에서 복귀한 뒤 가장 먼저 하고 싶었던 일.

그것은 바로 백예린을 만나 회포를 푸는 것이었다. 멀어졌던 공간과 시간만큼 그녀가 더욱 보고 싶었으니까.

"백 소저."

"네?"

그의 말에 백예린이 고개를 돌렸다.

청월은 그 틈을 놓치기 않고 그녀의 입술에 입을 맞추었다.

미리 동선을 짜거나 시간을 잰 것은 아니었다.

다만 그녀의 입술에서 반짝이는 달빛을 훔치고 싶었을 뿐이었다.

백예린의 입술은 솜털처럼 부드러웠으면 꿀처럼 달콤했다.

황홀경으로 인해 머리가 백지처럼 텅 비어버렸다.

"……."

"……."

두 사람의 시선이 다시 맞닿았다.

거기엔 쑥스럽거나 부끄러운 감정은 깃들지 않았다. 그저 사랑하는 상대와 함께 있다는 충일감이 차 있었다.

"백 소저."

청월은 다시 입을 맞춘 뒤 그녀의 몸을 어루만지기 시작했다.

이제 입맞춤만으로 만족할 수 없었다.

그녀의 모든 것을 가지지 않으면 안 됐다.

달빛과 함께 한 쌍의 사랑도 무르익어 갔다.

\*          \*          \*

자정이 지난 깊은 밤이다.

하늘은 깜깜했으며 휑 하는 바람 소리가 쌀쌀맞게만 느껴졌다.

장무룡의 심기는 매우 불편했다.

얼굴은 종잇장처럼 구겨졌으며 주변에는 탁자를 비롯해 각종 물건이 산산조각 났다.

"빌어먹을 놈들!"

그는 뿌드득 이를 갈았다.

몇십 년 지기라는 놈들이 어째서 마음을 헤아리지 못한단 말인가.

중원에 평화를 위해서 가장 필요한 것이 무엇인가.

당연히 적수인 흑룡회를 물리치는 일이 아닌가.

그런 단순한 사실을 깨닫지 못하니 분통이 터졌다.

"그놈 때문이야."

청월이 나타난 이후로 균형점이 깨졌다.

자신에게 기울었던 저울이 이제는 완벽하게 반대로 기울 었다.

단주들은 모두 흑룡회와의 전투를 꺼려했으며 조만간 집 결된 병력도 해산될 것이다.

공든 탑이 무너진다고 하더니 이렇게 허무하게 무너질 줄 은 몰랐다.

"하지만 여기서 끝이 아니다."

장무룡은 입술을 깨물었다.

그가 분기탱천한 사이 한 사내가 천막으로 들어왔다.

뇌전 부단주인 엄원석이었다. 그는 주변이 어지러운 것을 보며 한숨을 쉬었다.

"심기가… 많이 불편하십니까?"

"그 딴 이야기는 집어 쳐라. 그보다 준비는 다 됐느냐?"

"네, 뇌전단 병력만 추려서 백 명을 모았습니다."

엄원석의 말에 장무룡이 고개를 끄덕였다.

침묵이 이어지는 가운데 엄원석이 먼저 운을 뗐다. 장무룡을 향한 시선에는 일말에 애틋함이 서렸다.

"단주님, 꼭 이렇게까지 하셔야겠습니까?"

"이제 와서 발을 빼겠다는 건가?

장무룡의 얼굴이 딱딱하게 굳었다.

그가 뿜어내는 공력은 금방이라도 엄원석을 먹어치울 것 같았다.

"여기까지 온 이상 자네라도 용서는 없어. 나를 따르든가, 여기서 죽든가 선택해야 해."

"…단주님에 뜻을 따르겠습니다."

엄원석의 대답이 어쩐지 쓸쓸하게 느껴졌다.

평소에 그라면 이렇게 힘없이 대답하지 않았을 것이다. 하지만 지금은 일일이 그런 것을 신경 쓸 수 없었다.

"가세."

장무룡은 천막 앞에 대기한 뇌전단원과 합류했다.

그들의 발걸음은 거침이 없었는데 단번에 야영지의 바깥 부분까지 향했다.

그곳에는 다섯 명의 무사가 보초를 서고 있었다.

"이 시간에는 어쩐 일이십니까?"

"따로 보고 받은 것은 없습니다만 어떤 용무로?"

무사 두 명이 장무룡에게 접근했다.

이렇게 많은 인원이 야영지를 빠져나간다고 하니 의심이 든 것이다. 하나 그들은 대답을 듣기도 전에 바닥에 나동그라졌다.

장무룡이 단번에 그들을 제압한 것이다.

"이쯤 되면 말이 필요 없지."

그는 싸늘한 미소를 지으며 진군을 계속했다.

그의 계획은 단순했다.

뇌전단을 이끌고 가서 홀론 흑룡회와 맞서는 것이다. 그렇게 되면 흑룡회는 천하맹이 습격을 재개하는 줄 알고 전면전을 펼치려 들 것이다.

즉, 휴전이 깨지고 다시 혈풍이 부는 셈이다.

'적의 코앞까지 와서 복귀하는 건 어불성설이다. 반드시 불씨를 살리고 말겠어.'

장무룡은 전의를 불태우며 걸음을 계속했다.

한 식경이 지났을까.

그들은 천하맹이 관할하는 안전지역을 벗어났다.

앞으로 반 시진만 이동하면 흑룡회의 허리 부분인 악룡회를 칠 수 있었다.

흑도무리와의 거리가 좁혀질수록 장무룡의 가슴은 더욱 방망이질 쳤다.

그런데 바로 그 순간이었다.

선두에 섰던 장무룡의 걸음이 우뚝 멈췄다.

표정 역시 석상처럼 딱딱하기 그지없었다. 갑작스럽게 멈춘데다가 별다른 언급이 없으니 수하들은 그저 어리둥절하기만 했다.

'네놈들이 그러면 그렇지.'

장무룡은 목을 꺾으며 공력을 운용했다.

오십 보도 되지 않는 거리에 잠복한 인물들이 있었다. 아마도 흑룡회 인원이리라. 이렇게 비열한 놈들을 감싸서 무엇을 하겠다는 건지.

그는 도무지 이해할 수 없었다.

"나와라. 쥐새끼들아."

"쥐새끼라니? 말이 너무 심한 거 아닌가?"

"……."

장무룡의 눈이 휘둥그레졌다.

예상 밖의 인물들이 나타난 것이다.

수풀에서 나온 것은 백담천과 취걸아와 무각이었다. 일황오제의 인원이자 강호행을 함께했던 지기들인 셈이다.

지금 상황에서는 결코 마주치지 말아야 할 인물들이었다.

"표정이 왜 그런가? 어디 못 볼 사람을 봤는가?"

백담천이 담담하게 말했다. 하나 그 눈빛만큼은 독수리처럼 날카로웠다.

"…알고 있었단 말인가?"

"그럴 수밖에. 이렇게 간단히 포기한다면 장무룡이 아니니까 말이야. 예전부터 화끈하게 밀어붙이는 게 네 특기였으니까 말이야."

취걸아가 귀를 파며 말을 이었다.

"근데 헛짓거리는 이제 그만둬. 이러면 네 꼴만 우스워진다."

"여전히 나를 이해 못하는군."

장무룡이 씁쓸한 미소를 지으며 검을 뽑았다. 검이 달빛을 반사하며 얼음처럼 차가운 빛을 뿌렸다.

더 이상 입 싸움을 하고 싶지 않았다.

지리멸렬한 말을 늘어놓는 건 이제 신물이 났다.

"자네. 우리 셋을 감당할 수 있겠나?"

무각의 시선이 장무룡을 향했다.

장무룡이 수적인 우세라고는 하지만 그것은 별다른 의미가 없었다.

그들과 대적하는 이들이 일황오제의 인원이기 때문이다.

"길을 비키지 않으면 누구와도 싸운다. 단지 그것뿐이야."

장무룡이 검으로 세 사람을 겨눴다.

기어이 정면돌파할 것임을 천명한 것이다.

취걸아와 무각이 난감해하는 사이 백담천이 나섰다. 그는 만리향검을 뽑아 든 채로 장무룡과 마주 섰다.

"번거롭게 하지 말고 나와 한 번 붙게나."

백담천이 말을 이었다.

"그리고 내 몸에 생채기라도 낸다면 보내주겠네."

"이놈아, 그게 무슨 망발이냐?"

"무룡이의 실력을 모르고서 하는 말인가?"

취걸아와 무각이 반대를 표했다.

백담천의 제안이 터무니없었던 탓이다.

그가 아무리 강하다고 해도 장무룡에게 그런 압승은 거둘 수 없었다. 상대는 다름 아닌 무당 제일검이 아닌가.

"나야 마다할 이유가 없지. 단 그 약속은 꼭 지키게."

장무룡이 비릿한 미소를 지었다.

스스로 무덤을 파는 그가 가여울 뿐이었다.

두 사람의 비무가 결정된 후 주변의 공기가 싸늘해졌다.

그들이 직접 검을 겨루는 것은 무려 이십여 년 만이었다. 대혈전이 벌어진 이후에는 한 번도 검을 다툰 적이 없었다.

"잘나신 맹주님이 올 필요 없다. 이 몸이 가겠어."

장무룡이 선수를 쳤다.

그는 무당의 자랑인 천기신보를 밟으며 거리를 좁혔다.

그가 움직일 때마다 훅훅한 바람이 불었으며 검에는 어느 새 새파란 검기가 어렸다.

초반부터 기세를 잡겠다는 의도였다.

휘이이이이이익.

장무룡의 검이 허공을 수차례 베었다.

그로 인한 예기와 공력은 무려 열 가닥이 넘었다.

'전력으로 싸울 필요도 없지. 작은 상처만 내면 된다.'

장무룡의 얼굴에 비릿한 미소가 걸렸다.

길을 트는 조건은 백담천을 쓰러뜨리는 것이 아니라 그에게 상처를 만드는 일이었다. 군이 전력으로 맞설 이유가 없었다.

"허허. 저 치사한 놈을 봤나?"

취걸아가 혀를 찼다.

장무룡의 하는 행동이 뻔히 눈에 들어왔던 것이다.

"이젠 무사의 자존심도 팔아먹는 건가?"

"확실히 예전에 무룡이는 아닌 것 같군."

무각도 한마디를 보탰다.

두 사람의 전투는 무려 일각이 넘게 지속되었다.

장무룡은 오로지 공격에만 몰두했으며 백담천은 오로지 수비에만 집중했다.

그것은 완벽한 창과 방패의 대결이었다.

'어째서지?'

장무룡이 거친 숨을 내쉬며 거리를 벌였다.

셀 수 없을 만큼 검을 놀렸다, 하지만 백담천의 몸에는 그 무엇 하나 닿지를 않았다.

그는 언젠가부터 귀신과 싸우고 있다는 착각마저 했다.

분명 이럴 리가 없었다.

백담천과 그의 간격은 이 정도로 벌어지지 않았다.

두 사람 간의 격차는 단 한 걸음뿐이었다.

그 한 걸음만 디디면 장무룡이 백담천을 잡을 수 있는 아슬 아슬한 거리였다.

그런데 지금은 아무리 손을 뻗어도 백담천을 잡지 못할 것 같았다.

"믿기지 않는가? 자네와 나의 격차가?"

"……."

"그 이유는 바로 자네에게 있네."

"헛소리하지 마!"

장무룡이 날카롭게 소리쳤다.

백담천이 강해졌다고 하면 되는 것이지 어째서 그 이유를 자신에게 돌린단 말인가.

백담천의 가식이 가슴을 후벼 팠다.

"아직도 모르는가?"

백담천이 한숨을 쉬며 말을 이었다.

"자네의 검은 이미 무당의 이치를 잃었어. 분노에 불타오르는 검이 어째 태극의 묘미를 살릴 수 있단 말인가."

"닥쳐라. 네가 무당에 초식을 알면 얼마나 안다고."

"무당의 초식은 모르지만 자네가 제정신이 아니라는 것은 알고 있다네."

"그렇다면 이것도 한 번 막아보시지."

장무룡이 입술을 꼭 깨물었다.

그의 몸에서 공력이 아지랑이처럼 피어오르기 시작했다.

마지막 보루인 그 무공을 사용하려는 것이다. 그가 뿜어내는 위압감에 주변인들도 두려운 기색을 했다.

"받아라!"

장무룡이 바람처럼 쇄도했다.

그는 태극혜검의 마지막 초식인 무극검법을 펼쳤다.

그것은 허공을 일자로 가르는 단순한 검격이었다.

하나 그 위력만큼은 경천동지할 만큼 강력했다. 천지를 가르고 생사를 가르는 그 한순간을 검법으로 승화시킨 초식이기 때문이다.

우우우우우우웅.

몽둥이처럼 두꺼워진 검기가 머리를 쪼개왔다.

백담천은 이를 담담하게 응시한 뒤 검을 놀렸다. 원한다면 피할 수 있었지만 그러고 싶지는 않았다.

"매향성류(梅香成流)."

외침과 함께 반격이 시작됐다.

진한 매화향과 붉은빛을 띠는 만리향검. 그것은 망설임없이 무극검법과 맞섰다.

두 초식이 충돌하는 순간 하얀 빛이 뿜어지며 사방으로 광풍이 불었다.

이를 지켜보는 이들은 하나같이 고개를 돌릴 수밖에 없었다.

"어… 어떻게 된 거지?"

"단주님이 이기셨을까?"

뇌전단원들의 시선이 격전지로 향했다. 그곳엔 아직 뿌연 먼지가 걷히지 않았다.

잠시 후 두 사람의 윤곽이 서서히 잡혀갔다.

초식 대결의 승자는 바로 백담천이었다.

그의 초식이 장무룡의 초식을 관통했고 이로 인해 장무룡의 검이 부러졌기 때문이다.

"이… 이런 말도 안 되는 일이……."

장무룡이 허탈한 미소를 지었다.

절기가 수포로 돌아가니 맥이 탁 풀렸다. 질 리가 없었고,

져서도 안 되는 싸움이었다.

무극검법은 무당의 자랑이자 자존심이었다.

또한 시조가 창시한 이래로 단 한 번도 무너진 적이 없는 초식이었다.

상대가 이를 피하면 모를까 맞서서 상대할 경우는 여지없이 박살 났다.

"기억나나? 예전에 자네가 무극검법을 펼쳤을 때 내가 한 말을?"

"……."

"나는 말했었네. 이것만큼은 절대로 맞설 수 없는 무공이라고 말이야."

백담천이 말을 이었다.

"만약 그때의 무극검법이었다면 나도 피했겠지. 하지만 지금은 달라. 부글부글 끓는 가슴으로 펼치는 무공은 두렵지 않네."

백담천이 검을 회수했다.

그의 몸에는 티끌만 한 상처도 없었다. 그 긴 전투 동안 전혀 부상을 입지 않은 것이다.

백담천은 안타까운 시선으로 지기를 바라보았다.

그는 아직 대혈전에서 입은 상처를 극복하지 못했다.

흑룡회의 진군을 늦출 수 있었던 건 무당파의 덕택이었고 그 때문에 무당파는 멸문에 가까운 피해를 입었다.

장무룡은 그 참상을 분노로 간신히 다스리고 있었다.

아픔을 인정하면 검을 놓고 그대로 무너져 버릴 것만 같아서 말이다.

"과거에 갇혀 사는 건 그만두게."

백담천이 터벅터벅 걷기 시작했다. 장무룡이 서 있는 쪽이었다.

"이젠 다 끝났어."

그는 가볍게 장무룡의 어깨를 두드렸다. 천하맹주의 독려가 아닌 친구로서의 어루만짐이었다.

"먼저 한 잔하고 있을 테니 금방 따라오게."

백담천은 그 한마디만 하고 자리를 벗어났다.

침묵이 짙어지는 가운데 풀벌레 울음이 눈치 없이 껴들었다.

\*      \*      \*

천하맹과 흑룡회가 대치한 지도 보름이 지났다.

서로를 향한 칼날은 여전했지만 그렇다고 특별한 일이 벌어지진 않았다.

그들은 각자의 주둔지를 지키며 자신들의 일과를 따를 뿐이었다.

얼마 전까지 혈투를 벌였다는 것이 거짓말인 것처럼.

무풍이 계속되면서 이제 싸움이 끝난 것이 아니냐는 말들이 나돌았다.

그렇지 않고서는 이렇게 긴 평화가 이어질 수 없었다.

"우리도 그렇고 저쪽도 그렇고. 뭔가 이상한데?"

"맞아. 지금쯤이면 비밀 협상이라도 하고 있을지 모르지."

"하여간 흑룡회를 치는 건 그만뒀으면 좋겠다."

천하맹의 무사들은 한가롭게 잡담을 주고받기도 했다. 악룡회를 향한 전진이 멈춘 후 그들에겐 아무런 명령도 떨어지지 않았기 때문에.

순번에 맞춰 경계를 서거나 순찰을 돌면 모든 게 끝이었다.

주어진 영역을 벗어나지 않는다면 무엇을 해도 좋은 자유가 주어졌다.

흑룡회의 구역에서 때아닌 휴가를 보내는 셈이다.

그사이 봄은 겨울을 몰아내고 온전히 자신의 빛을 드러냈다.

산에는 초록빛 물결이 살아나기 시작했고 앙증맞은 꽃들이 고개를 내밀었다.

중원의 정세가 조금씩 변하고 있었다.

야영지의 한 공터.

채애애애애애애앵.

날카로운 금속성이 울러 퍼졌다.

두 자루의 검이 엉키면서 새파란 불꽃이 튀었다. 이에 놀란 새들은 푸드덕하며 하늘로 치솟기도 했다.

소리의 주인공은 바로 청월과 백예린이었다.

시간이 하염없이 남아 비무를 펼치는 중이었다.

"봐줄 생각하지 말아요."

백예린이 앙칼지게 말했다.

청월이 자신보다 한참 위의 고수라는 건 부정할 수 없었다.

그렇다고 장단을 맞춰주는 대로 놀아나기는 싫었다. 서로 감을 맞댄 이상 그들은 무사였다. 검으로 승부를 보는 사이인 것이다.

"그럴 생각은 전혀 없는데요?"

청월이 피식 웃으며 답했다.

두 사람은 검에 몸을 실은 채로 힘 대결을 펼쳤다.

시간이 갈수록 불리해지는 것은 백예린이었다. 그녀는 공력에서도, 힘에서도 청월에게 부족했다.

'그렇다면.'

백예린의 눈이 날카롭게 빛났다.

마침 이 순간에 떠오르는 초식이 있었다. 그것이라면 청월에게 한 방을 먹일 수 있으리라.

그녀는 검을 거둠과 동시에 빙그르르 반원을 그렸다.

청월의 힘을 역이용해 반격할 생각이었던 것이다.

작전은 성공이었고 그녀의 앞에는 텅 빈 청월의 등이 있었다.

배후를 완벽하게 잡았으니 승리는 그녀의 것이었다.

"방심했다간 큰 코 다쳐요."

백예린은 의기양양하게 검을 찔러갔다. 하지만 바로 그 순간이었다.

휘이이이익.

청월은 어느새 자취를 감췄고 검도 허공을 훔치고 말았다.

"여긴데요?"

청월이 툭툭 어깨를 건드렸다.

눈앞에 있던 사람이 거짓말처럼 등 뒤로 간 것이다. 백예린은 눈을 깜빡이며 청월을 응시했다. 분명 이 청월이 그 청월이 맞는 것 같았다.

"놀랐어요?"

청월이 피식 웃으며 말했다.

"네, 분명 공자의 움직임을 끝까지 보고 있었는데⋯⋯."

"그건 신법의 차이 때문이죠. 그보다 중요한 건 따로 있어요."

"더 중요한 것이요?"

"네."

그가 말을 이었다.

"마지막에 검을 거두고 움직인 건 좋았어요. 하지만 방향이 모두 드러난 게 문제였죠. 시선은 오른쪽으로 가 있고 발도 오른쪽이 앞으로 나왔죠. 이러면 예측을 하기 싫어도 예측하지 않을 수 없어요."

"…그렇네요."

백예린이 작게 고개를 끄덕였다.

상대에게 동선을 간파 당하는 것은 치명적이다.

만약 실적이었다면 목숨을 잃었다 해도 이상하지 않을 상황이었다.

잠시 침묵이 흐르는 가운데 청월이 운을 뗐다.

"어떻게 보면 무공은 거짓말 싸움 같기도 해요. 상대를 속여야만 이길 수 있으니까요."

"그럼 청월 공자는 거짓말쟁이네요?"

"아… 그건."

전혀 뜻밖에 공격이었다.

청월은 대꾸할 말을 찾지 못해 머리를 긁적였다.

"엄청난 고수니까 엄청난 거짓말쟁이겠다. 그쵸?"

"그런 뜻으로 말한 게 아닌데요."

"됐어요."

그녀는 검을 거둔 뒤 청월의 곁에 섰다.

장난은 이쯤에서 거두어야 할 듯했다. 더 했다간 추궁을 받는 아이처럼 울음을 터뜨릴지도 몰랐다.

"거기로 갈까요?"

"네."

두 사람은 손을 꼭 붙잡은 채로 걷기 시작했다.

마음을 확인한 지도 십 일이 넘었다.

그들은 남몰래 따뜻하게 몸을 나누기도 했고 상대가 알지 못했던 속내들을 털어놓기도 했다.

두 사람의 시간은 황금처럼 빛났으며 꿀처럼 달콤했다.

진작부터 마음을 나누지 못한 것이 천추의 한이 될 정도로 말이다.

"꽃이 정말 예뻐요."

백예린의 시선이 흐드러지게 핀 모란을 향했다.

모란의 풍성한 꽃잎은 그 자체로 봄을 대변하는 것 같았다.

"아무렴 백 소저만큼이나 예쁘겠어요?"

"…그런 말 하지 말아요."

청월의 말에 몸이 간질간질했다.

이걸 싫다고 해야 하는지, 좋다고 해야 하는지 알 수가 없었다.

그들은 한참 모란을 구경하다가 산 중턱에 자리를 잡았다.

백예린은 청월의 어깨에 머리를 기댔고 청월은 그녀의 허리를 살포시 끌어안았다.

이따금 시원한 바람이 불어와 옷을 흔들고 달아났다.

'좋구나.'

청월은 미소를 지으며 하늘을 바라봤다.

모든 것이 완벽했다.

무림에는 평화가 찾아오는 중이었고 백예린은 마음을 받아주었다.

그동안의 고생을 이제야 보상을 받는구나.

그런 생각을 하지 않을 수 없었다.

"무슨 생각해요?"

백예린이 오랜 침묵을 깨뜨렸다. 그녀는 아이 같은 눈빛으로 청월을 응시했다.

"백 소저 생각이요."

"아니, 그런 거 말고요."

"정말 다른 건 없는데요? 굳이 따지자면……."

청월이 피식 웃으며 말을 이었다.

"이대로 시간이 멈췄으면 좋겠다는 생각을 했어요. 이렇게 백 소저와 함께 있는 채로."

"바보같이. 아까부터 낯 뜨거운 소리만 하고."

백예린이 수줍어하며 그의 가슴에 얼굴을 묻었다.

청월은 가만히 그녀의 어깨를 토닥여 주었다.

여유로움을 만끽하는 사이 근처에서 기척이 느껴졌다. 접근하는 인원은 둘이었는데 누구인지 알 것도 같았다. 곧 낯익은 목소리가 귀를 때렸다.

"얼씨구. 잘들 놀고 계시네."

"언니, 정말 너무하신 거 아니에요?"

빈정거리는 말투와 앙칼진 목소리. 제갈선과 팽화련이 그 주인공이었다.

그들은 등 뒤에서 살벌한 눈초리를 쏘아댔다.

"아주 깨가 쏟아지네. 깨가. 여기서 요리를 해야 되나?"

"뭐야? 부러우면 부럽다고 해."

"우와. 우리 청월이 많이 컸네."

제갈선이 기가 막히다는 듯 혀를 찼다. 청월에게 이렇게 뻔뻔한 면이 있는 줄은 몰랐다.

"언니가 이렇게 배신을 할 줄은 몰랐어요. 오늘은 저랑 비무를 하기로 해놓고."

"아, 미안."

백예린도 사과했다.

사실 그녀는 청월이 아닌 팽화련과 비무 선약이 있었다.

다만 청월과 오래 있다 보니 약속을 잊은 게 문제였다.

"하여간 닭살이네요. 그쵸?"

"네, 얌전한 고양이가 부뚜막에 먼저 올라간다고 하더니. 그 말이 딱이에요."

두 사람은 죽을 맞추며 청월과 백예린을 놀렸다. 하나 이젠 청월과 백예린도 가만히 있을 수 없었다.

"근데 두 사람도 은근히 어울리는 것 같아요. 안 그래요?"

"동감이에요."

백예린이 고개를 끄덕이며 답했다.

"이참에 둘이 사귀는 건 어때요?"

그녀의 직언에 두 사람은 어쩔 줄을 몰랐다.

최근 들어 친해졌지만 그런 관계까지는 생각해 본 적이 없었다.

더욱 재미있는 건 두 사람 모두 싫다고 잡아떼지는 않는다는 점이다.

"하여간 잡설은 그만하고 따라와라."

제갈선이 화제를 돌렸다.

"무슨 일이라도 있어?"

"일이 있지. 아주 큰일이 말이야."

"뭔데 자세하게 말해봐."

청월의 눈이 빛났다. 혹여나 흑룡회와의 싸움이 재개라도 되는 것일까.

제갈선은 그런 청월을 보며 피식 웃었다.

"하여간 못 말리겠다. 긴장하지 마. 좋은 일이니까."

제갈선과 팽화련이 앞장서고 청월과 백예린이 뒤를 따랐다.

한 식경 정도 걸으니 야영지에 도착했다. 야영지에는 모처럼 맹에 무사들이 모두 모였다.

흑룡회와의 전투로 일부가 죽었지만 그래도 엄청난 숫자였다.

무사들이 잡담을 나누는 사이 맹주를 비롯해 단주들이 모습을 드러냈다.

그들의 표정은 다른 때와 달리 밝아 보였다.

"다들 주목!"

사자후를 섞은 외침이 공터를 뒤흔들었다. 무각이 무사들을 정리하자 천하맹주가 나섰다.

그는 단상에 서서 무사들을 내려다보았다.

"다들 맹을 떠나서 고생이 많습니다. 모두가 알고 있겠지만 우리가 이곳에 있는 까닭은 흑룡회를 섬멸하기 위함이었습니다."

그는 뜸을 들인 뒤 말을 이었다.

"최근 몇 가지 일을 계기로 그 방향을 심각하게 재고해야 함을 느꼈습니다. 그래서 맹주인 나를 비롯해 단주들은 긴 논의 끝에 결론을 내렸습니다."

이제 무사들의 시선이 모두 백담천의 입가로 몰렸다.

그의 한마디에 따라 천하맹의 거취가 결정 나기 때문이다.

과연 수뇌부는 어떤 판단을 내렸을까.

이대로 공격을 재개하는 것인가. 아니면 병력을 돌려서 천하맹으로 복귀하는 것인가.

선택지는 두 가지였고 양쪽 모두 섣불리 결단하기 힘들었다.

"우선 흑룡회를 섬멸하자는 사생취의 작전을 전면무효합니다."

백담천의 말이 메아리처럼 울러 퍼졌다.

그는 이후로도 몇 가지를 더 설명했다.

청월이 밝혀낸 진실, 즉 천하맹과 흑룡회를 이간질한 것이 마령교라는 사실을 알렸고 그들의 존재를 증명하는 자료들을 제시했다.

"이럴 수가 말도 안 돼."

"천하맹과 흑룡회를 동시에 건드리는 놈들이 있다니."

무사들은 하나같이 혀를 찼다.

맹주의 말들이 하나같이 충격적이었던 탓이다. 하지만 정황과 증거를 따지면 그의 말은 모두 옳았다.

그들은 그제야 흑룡회에 대한 공격을 멈춘 이유를 알았다.

"우리가 처리해야 할 건 흑룡회가 아니라 마령교군."

"그렇지. 애꿎은 흑룡회에 시비를 걸었으니… 정파 체면도 말이 아니야."

무사들이 한마디씩 했다. 백담천은 무사들의 말을 들어주다가 입을 열었다.

"여러분의 말이 옳습니다. 우리는 정도를 자처하면서도 흉포한 일을 저질렀습니다. 그래서 다시는 이런 일이 없도록 막아야 합니다. 그런 의미로."

맹주의 시선이 무사들을 훑었다.

"저와 일부 간부들이 사절단으로 흑룡회와 접선할 생각입니다."

백담천이 자신 있게 말했다.

그는 이번 기회로 두 집단 간의 뿌리 깊은 반목을 없애고자 마음먹었다.

흑룡회에는 사전에 문서를 보냈고 그들 역시 만남에 뜻이 있음을 전했다.

즉, 장소와 시간만 결정된다면 언제나 회의가 성사될 수 있는 것이다.

이는 대혈전이 벌어진 이후 처음으로 이뤄지는 교류였다.

그 의미는 결코 작지 않았다.

"중원에 평화도 이제 꿈속의 일이 아닙니다. 그날이 다가
올 때까지 모두 최선을 다해주십시오."

백담천의 말이 끝남과 동시에 박수갈채가 터졌다.

몇몇 무사는 감격하여 눈물을 터뜨리기도 했다.

어쩌면 꿈에 그리던 정사파의 통합이 이루어질지도 모른
다. 그 벅찬 미래에 감동한 것이다.

백담천이 단상을 내려온 후 취걸아가 자리를 대신했다.

그는 누룽지를 씹으며 무사들을 훑어보았다.

"맹주 놈 이야기는 잘 들었지? 눈치 빠른 놈은 이미 알지도
모르겠지만 말이야."

그는 천천히 말을 이었다.

"사절단이 가는데 당연히 호위할 무사들도 필요하지 않겠
냐? 지금부터 우리와 함께할 놈들을 호명하겠다."

취걸아는 총 오십 명을 지목했다.

이는 무공의 고하를 물론 소속된 단을 고려한 것이었다. 천
룡단의 인원에서는 공교롭게도 제갈선과 팽화련이 선택되었
다.

"자, 이상이다. 특별한 일이 있으면 언질을 줄 테니 그때까
지는 푹 쉬거라."

취걸아는 그렇게 말하고 단상을 내려왔다.

이후 맹의 무사들은 썰물처럼 자리를 빠져나갔다. 맹의 발표는 충격적이었지만 동시에 희망적이기도 했다.

회의 결과가 좋다면 중원에는 다시 평화의 물꼬가 트이리라.

"무슨 생각해요?"

백예린이 눈을 깜빡이며 청월을 응시했다.

이상하게도 맹의 발표가 있을 때부터 표정이 좋지 않았다. 분명 그 내용이 긍정적임에도 말이다.

"아, 잠깐 생각할 게 있었어요."

청월에 얼굴은 여전히 밝지 않았다. 그는 성큼성큼 취걸아를 향했다.

"무슨 일이냐? 연애하기도 바쁠 텐데."

취걸아가 누런 이를 드러내며 웃었다.

그는 청월과 백예린이 사귄다는 사실을 알았다.

그래서인지 몰라도 둘이 함께 있는 것을 보면 웃음부터 터졌다.

본래 파릇파릇한 청춘의 사랑을 보는 재미가 솔솔 하지 않은가.

"그것보다 드릴 말씀이 있습니다."

"말해보거라."

"다른 게 아니라 저를 사절단 호위무사에 포함시켜 주세요."

청월이 눈을 빛내며 말했다.

"굳이 너까지 갈 필요는 없다. 그간 고생한 걸로도 충분하지 않니?"

취걸아가 어깨를 으쓱했다.

사절단에는 천하맹주와 무각이 포함되었다. 또한 각 단에 부단주급 인물도 껴 있었다.

무력이라면 흑룡회에게 밀릴 걱정을 하지 않아도 됐다.

그야말로 천하맹에 노른자만 모였으니까 말이다.

"이번에는 좀 쉬거라. 네가 쉰다고 해도 뭐라고 할 사람은 아무도 없다."

취걸아는 그렇게 말하며 뒤쪽을 눈짓했다. 백예린과 함께 시간을 보내라는 표시를 한 것이다.

"죄송하지만 그럴 수 없습니다."

"아이고. 이 벽창호 같은 자식. 이유가 뭐냐?"

취걸아가 짜증을 내며 물었다.

청월은 한 치의 망설임도 없이 대답을 했다. 그의 한마디로 취걸아는 물론 백예린마저 몸을 움찔했다.

"맹주님이 위험합니다."

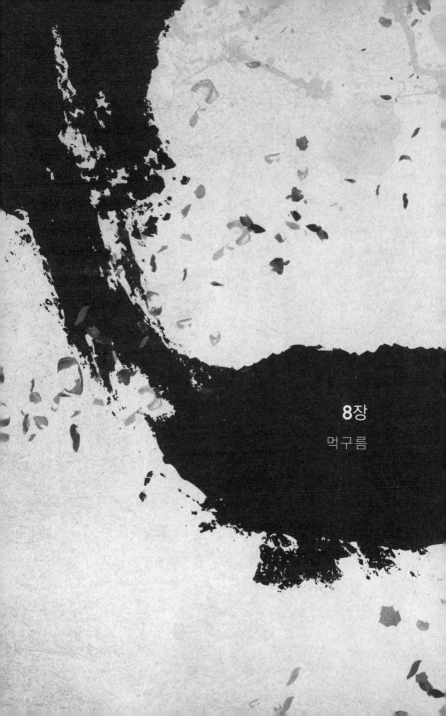

**8장**

먹구름

화사한 봄 날씨다.

햇볕은 따스했으며 살랑살랑 부는 바람도 포근했다.

청연화는 콧노래를 부르며 외진 곳을 향해 걸었다. 바야흐로 계절이 무르익고 계획도 무르익고 있었다. 그녀의 눈에는 모든 것이 아름답게 보였다.

한 식경 정도 걸어 주변을 살폈다.

따라붙은 이는 없었고 근처에 인기척도 느껴지지 않았다.

"시작해 볼까?"

청연화의 얼굴에 미소가 어렸다.

그녀는 품에서 작은 병을 꺼내 몸에 뿌렸다. 이슬방울 같은 것이 옷에 떨어지더니 곧 풀내음이 퍼졌다.

청연화는 고목 곁에서 기다리고 기다렸다.

이에 대한 응답은 생각보다 빨랐다.

갈색빛을 한 새가 상공을 선회하가다 그녀의 어깨에 내려 앉은 것이다.

"착하구나."

새의 머리를 쓰다듬어 주었다.

그것이 기분이 좋았던 것일까.

새는 얼굴을 날개 품에 비비기 시작했다. 청연화는 피식 웃으며 새의 발등에 쪽지를 매달았다.

이것으로 인해 중원의 정세는 백팔십도 바뀌게 되리라.

"돌아가렴. 그분의 품으로."

청연화의 말과 동시에 새가 치솟았다.

그는 활짝 날개를 펼치고 하늘의 품으로 돌아갔다. 전서구에 속도를 생각하면 전갈은 금세 전해질 것이다.

"벌써부터 흥분이 돼."

청연화는 홍조를 띤 채 하늘을 응시했다.

황홀감이 그녀를 지배했다.

한 번도 아니고 무려 두 번이었다.

그녀의 손에서 중원이 들썩였으며 그녀의 입김이 곧 혈풍이 되었다.

무림에 역사를 따져도 이만한 힘을 가진 여성은 없었다.

그녀는 스스로를 자랑스러워했다.

명맥만 남은 청성파에서 태어나 중원을 뒤흔드는 여성으로 거듭난 자신을.

청연화는 산파였으며 며칠 후에 그 가시적인 결과물이 탄생할 것이다.

그때야말로 명실상부 중원제일에 여제가 될 수 있으리라.

"너도 조금만 기다리렴."

청연화는 품속에 있는 비도를 만지작거렸다.

비도는 새까만 가죽에 담겼는데 그것은 비도에 강력한 맹독이 발라졌던 탓이다.

비도가 주인을 찾는 순간 세상은 마령교의 손아귀에 떨어진다.

복귀하는 찰나 비도의 주인공이 모습을 드러냈다.

그녀는 세상의 이치가 참 오묘하다고 생각했다.

"오랜만이에요, 청월 공자."

"인사드리는 게 늦었네요."

"아니에요. 볼일이 있으셨겠죠. 그런데 옆에 있는 분은?"

청연화의 시선이 백예린에게 옮겨졌다.

백예린은 아름다운 외모를 갖추었으며 또한 무위도 상당

한 듯 보였다.

"아, 이 기회에 서로 인사를 하면 되겠네요."

청월은 피식 웃으며 서로를 소개시켜주었다.

"아, 그 백 소저셨군요."

청연화가 빙긋 웃으며 답했다.

천하맹주의 딸이자 뛰어난 여류무사 백예린.

그에 대한 것은 그녀도 들은 바가 있어서 알았다.

청연화는 아닌 척하면서도 두 사람이 하는 양을 유심히 관찰했다.

"오늘 맹주님께서 중대한 발표를 하셨어요. 흑룡회와의 싸움을 끝내고 통합을 위한 발판을 마련하시겠다고."

"좋은 일이네요. 살아서 여기까지 온 보람이 있는걸요?"

"용기를 내주신 것. 감사하게 생각하고 있습니다."

"그건 제가 하고 싶은 말이에요. 공자가 아니었으면 전 어떻게 됐을지 상상도 안 가요."

두 사람은 서로를 보며 웃었다. 잠시 침묵이 흐르는 가운데 청월이 운을 뗐다.

"그나저나 청 소저도 사절단에 포함되는 건가요?"

"그럼요. 끝까지 함께해야죠."

"저도 사절단에 포함 됐으니까 혹시 어려운 일이 있으면 말씀하세요."

잠깐이지만 청월의 눈이 번뜩였다.

청연화는 그 순간을 놓치지 않았다. 설마 그녀의 속셈을 눈치채기라도 한 걸까.

"그럼 그때까지 푹 쉬세요."

"잠깐만요."

청연화는 돌아서는 청월을 붙잡았다. 그리고 그의 품에 바짝 붙어서 볼에 입을 맞추었다.

워낙 순식간에 일어난 일이라 청월도 손을 쓰지 못했다.

"…그동안 고마웠어요."

그녀의 급작스런 미소에 백예린이 잔뜩 얼굴을 구긴 채 자리를 떠났다. 그리고 청월이 그 뒤를 허겁지겁 쫓았다.

청연화는 이를 바라보며 환한 미소를 지었다.

그녀의 손은 어느새 품에 있던 비도를 쓰다듬고 있었다.

"거리도 충분하고 계집도 이용가치가 있겠는걸."

\*　　　　\*　　　　\*

천하맹의 야영지.

한 무리의 인원이 야영지를 빠져나오고 있었다. 그들은 흑룡회와 접선할 사절단 일행이었다.

사절단에 구성원은 하나같이 화려했다.

우선 천하맹주를 비롯해·황룡전대장 무각이 포함됐으며 간부급으로는 지룡단주 남궁총민과 흑영단의 부단주 등이 속했다.

또한 뒤를 받치는 무사들도 하나같이 절정급에 달했다.

그들은 위풍당당한 모습으로 접선장소로 이동했다.

"시간은 얼마 걸리지 않을걸세."

"그렇겠지. 신법이 없어도 이틀이면 닿을 곳이니까."

무각과 백담천이 대화를 주고받았다.

흑룡회와의 접선 장소는 일운산 정상이었다.

일운산은 천하맹과 흑룡회가 대치하고 있는 중간지대에 있었다.

고도는 높았지만 산세가 완만해 이동하는 데도 별 무리가 없었다.

"걱정은 안 되는가?"

"무엇이 말인가?"

"흑룡회가 병력을 이끌고 우리를 칠 수도 있네. 우리가 당한다면 본 대도 휘청거리게 될 테지."

무각의 걱정에 백담천은 그저 헛헛하게 웃었다.

"마령교의 존재가 드러난 이상 흑룡회도 섣불리 움직이지 못할 거야. 게다가 말일세."

그는 뜸을 들인 뒤 말을 이었다.

"내 검은 빳빳이 세우고서 상대에게 검을 치우라고 해서는 안 되지. 때로는 이쪽에서 먼저 신뢰를 보여주는 게 좋아."

"이거… 중은 자네가 해야 될 것 같은데?"

"그런 소리 말게. 나는 머리를 밀면 자네처럼 멋지지 않단 말일세."

농담과 함께 웃음이 터졌다.

두 사람은 일행의 선두에 서서 방향을 지휘했다.

모두가 통합의 열망에 들뜬 지금. 오로지 한 인물만큼은 수심에 가득 차 있었다.

그 주인공은 다름 아닌 청월이었다.

'다들 모르고 있어. 이게 끝이 아니야.'

청월은 잔뜩 찌푸린 얼굴로 선두에 선 백담천과 무각을 응시했다.

사령안을 가진 그는 볼 수 있었다.

그들의 몸에서 만개하고 있는 죽음을.

새까만 죽음은 금방이라도 그들의 육신을 먹어치울 듯했다.

그 시기와 속도를 생각하면 반드시 불길한 일이 벌어질 것이다.

그것도 흑룡회와 조우하는 전후로 말이다.

'누군가의 계략이 남은 걸까?'

청월의 생각은 깊어만 갔다.

마령교의 존재가 드러난 이상 천하맹과 흑룡회는 서로 다투기 힘들어진다.

두 집단에 싸움으로 득을 보는 건 마령교뿐이기 때문이다.

혼란한 틈을 타 마령교가 한쪽을 치면 커다란 피해를 입을 수밖에 없었다.

'그럼… 마령교가 습격을 한다는 건가?'

청월은 뒤늦게 생각을 전환했다.

마령교라면 충분히 그들을 노릴 수 있었다.

그들은 분명 두 집단의 통합을 바라지 않고 있을 테니까.

하지만 천하맹과 흑룡회가 은밀히 주고받는 내용을 그들이 어찌 눈치챌 수 있을까.

간부급이 아니라면 접선지의 위치를 알 수가 없었다.

'야영지에서 더 고집을 부렸어야 하나?'

청월은 아쉬운 마음으로 뒤를 돌아보았다. 이제 야영지는 손바닥에 가려질 만큼 작아졌다.

저절로 며칠 전에 있었던 일이 떠올랐다.

백담천과 무각의 죽음을 본 이후 그는 취걸아를 찾아가 간절히 부탁했었다.

"사절단에 호위 병력을 늘려주십시오."

"그건 또 무슨 헛소리냐?"

취걸아가 귀를 후비며 말을 이었다.

청월과 백예린을 사절단에 넣는대도 큰 힘을 썼던 그다.

그럼에도 불구하고 청월이 바라는 것은 점점 많아지고 있었다.

그 이유라도 분명하면 짜증이 덜 나겠지만 말이다.

"전에도 말씀드렸지만 맹주님이 위험합니다."

"그러니까 맹주 놈이 왜 위험하다는 거냔 말이다."

"흑룡회가 습격을 할 수 있으니 병력은 많을수록 좋은 것 아닙니까?"

"절대 아니다."

취걸아가 딱 잘라 말했다.

"접선하는 장소와 접선하는 인원은 사전에 조율된 것이야. 지금 와서 함부로 바꿀 수 없어."

"하지만……."

청월은 답답했다.

맹주인 백담천이 죽으면 천하맹은 어마어마한 타격을 입을 것이다.

그는 오래도록 천하맹을 지휘했으면 인덕은 물론 무공에 겸했다.

중심점이 사라진 조직이란 본래 위태롭게 마련이었다.

"그러면 사절단 외에 병력을 근처에 대기시키는 것도 안 되는 겁니까?"

"이놈이 갈수록 가관일세?"

취걸아는 열이 받아 호리병으로 청월의 머리를 내려쳤다.

힘을 조금 주었더니 병이 파사삭 하고 깨졌다.

"그런 짓을 했다가 흑룡회에서 문제 삼으면 어떻게 할 거냐? 니가 책임질 거냐?"

취걸아는 청월을 노려보더니 말을 이었다.

"너답지 않게 왜 그러는 거냐? 짚이는 일이 있다면 확실히 말해봐."

"…아닙니다. 제가 잘못 생각한 것 같습니다."

청월의 얼굴에 씁쓸한 미소가 어렸다.

이것은 사령안을 가진 자가 견뎌야 할 고독이었다.

그가 보고 있는 죽음을 다른 사람들은 결코 보지 못할 테니까.

아무래도 이번 일은 타인의 부탁으로는 해결하지 못할 듯했다.

"후우우우우."

자신도 모르게 한숨이 터졌다.

청월은 회상을 깨고 현실로 돌아왔다. 그가 해결해야 할 문제는 바로 이곳에 있었다.

"어디 아파요?"

생각이 복잡해지는 가운데 백예린이 말을 걸었다. 그녀는 걱정스런 표정으로 그를 응시했다.

"어제부터 계속 표정이 안 좋아요."

"별거 아니에요. 속이 조금 안 좋아서."

청월이 웃으며 대답했다.

그는 거울 속의 자신을 본 뒤 근처의 무사들을 한번에 훑었다.

죽음이 다가오고 있는 것은 비단 백담천과 무각의 일이 아니었다.

사절단에 포함된 무사 중 절반 이상에 죽음이 드리웠다.

다행이라고 해야 할지 모르겠지만 청월과 백예린은 그 대상에 제외되었다.

제갈선과 팽화련 역시 마찬가지였다.

"대체 무슨 일이 벌어지려고 하는 거지?"

청월은 한숨을 쉬며 하늘을 바라보았다.

이럴 때는 무심하게 떠도는 뭉게구름이 부러울 따름이었다.

＊　　　＊　　　＊

사절단에 이동은 평화로웠다.

흑룡회의 세력권 안이었지만 습격에 염려도 없었다.

그들은 봄의 경치를 즐기며 화기애애하게 잡담을 나누었다.

그들의 위기가 반나절 전에 단 한 번 있기는 했다.

금수의 왕 호랑이가 길을 가로막은 것이다. 호랑이는 커다란 울음소리와 함께 송곳니를 드러냈다.

덕분에 일행의 걸음이 다소 늦춰졌다.

"이거 길조라고 봐도 되는 건가?"

"그렇다고 봐야지. 호랑이는 산신의 사자이자 화신으로 여겨지니까 말일세."

백담천의 말에 무각이 답했다.

"죽일 수도 없고 이를 어쩐다?"

"고민할 필요가 있는가? 호랑이라면 여기도 한 마리 있는데 말이야."

"여기라니 어디 말인가?"

"바로 앞에 있지 않은가?"

무각이 피식 웃으며 앞장섰다.

그는 모두에게 귀를 막으라고 전한 뒤 사자후를 펼쳤다. 그의 울부짖음에 강풍이 불고 나무와 수풀들이 부르르 떨었다.

깜짝 놀란 사자는 그 길로 줄행랑을 치고 말았다.

"진짜 무서운 사자가 여기 있었네그려."

"그걸 이제 알았는가?"

무각과 백담천이 헛헛하게 웃었다.

한바탕 소동이 벌어진 후에도 여정은 계속되었고 일행은 어느새 일운산 근처까지 도달했다.

"저게… 일운산인가?"

청월의 시선이 산에 고정되었다.

산봉우리는 하늘에 닿을 듯 높았으며 기암절벽이 곳곳에서 눈에 띄었다. 봄을 맞이해서 산줄기마다 푸른빛이 감돌았다.

이곳이 중원에 정세를 결정지을 중요한 장소였다.

터벅터벅.

모두가 멈췄던 가운데 백담천이 먼저 걸었다.

청월은 처음으로 자리를 이탈해 맹주 곁에 섰다.

"맹주님, 드릴 말씀이 있습니다."

"말해보게."

"회담을 미루거나 아니면 무사들을 추가로 배치할 수는 없습니까?"

"갑자기 그게 무슨 소리인가?"

무각이 먼저 나섰다.

그는 탐탁지 않은 시선으로 청월을 응시했다.

회담이 잘 끝나기만 한다면 무림에는 한동안 평화가 찾아올 것이다.

청월의 말을 들었다간 흑룡회 쪽에 의심을 살 수도 있었다.

"자네 이야기는 방주에게 들었네."

백담천은 그렇게 말하고 어깨에 손을 얹었다.

"무슨 일이 벌어질 것 같다고 하던데. 혹시 안 좋은 꿈이라도 꾼 갠가?"

"그런 막연한 것이 아닙니다."

청월은 답답함에 가슴을 치고 싶었다.

그는 지금도 맹주의 몸에 도사린 죽음을 볼 수 있었다.

가능하다면 맹주에게 사령안을 주고 스스로를 보게 만들고도 싶었다. 그러면 이런 답답함을 덜 수 있지 않을까.

"만약 흑룡회가 배신하거나 마령교에 습격이 있다면 어떻게 하실 겁니까?"

"그건 자네의 기우일세."

백담천이 말을 이었다.

"이런저런 걱정을 하다 보면 끝이 없어. 지금은 그저 하늘을 믿고 가는 수밖에."

"…결례를 범해서 죄송합니다."

청월은 한숨을 쉬며 맹주와 거리를 벌렸다.

물론 맹주를 탓하고 싶은 마음은 없었다.

다른 이들은 죽음을 볼 수 없으니 청월의 의견이 이상하게

만 느껴질 것이다.

'이젠 내 감을 믿는 수밖에.'

청월은 입술을 꼭 깨물었다.

무슨 일이 있더라도 맹주만큼은 반드시 살려야 했다.

그가 무너지는 것은 곧 천하맹이 무너지는 것과 다를 바 없었으니까.

한 식경 정도 걸어 산 초입부에 도달했다.

그곳에는 이미 흑룡회에 무사들이 진을 치고 있었다.

그들은 모두 까만 무복을 입었으며 잔뜩 경계하는 기색을 보였다.

"회주님께서는 산 정상에서 기다리고 계십니다."

"일찍도 오셨군."

백담천이 헛헛하게 웃었다. 그는 무사들을 훑으며 말을 이었다.

"각자 자리를 잊지 말고 지키게. 심심하면 곁에 있는 벗과 이야기를 나눠도 좋아."

그는 뒷짐을 진 채로 산을 올랐다.

천하맹의 인원들은 그를 따르다가 하나둘 이탈해 가기 시작했다.

각자 맡아야 할 구역으로 흩어지는 것이다.

무사들의 무위가 높을수록 산 정상에 가까운 곳에 배정되었다.

또한 그들은 같은 숫자의 흑룡회원과 짝을 이루게 된다.

이는 서로의 행동을 감시하기 위한 조치였다.

"이따가 봐요."

백예린이 웃으며 손을 흔들었다.

평소와 같은 모습이었지만 가슴이 왠지 모르게 울컥했다.

무슨 일이 벌어질지 모르는 상황이다. 그녀를 두고 가는 맘이 편할 리 없었다.

"몸조심해요, 알았죠?"

청월은 그녀를 끌어안고 이마에 입을 맞추었다. 백예린의 볼이 금세 살구처럼 물들었다.

"뭐… 뭐하시는 거예요? 다들 보는데……."

"영역표시하는 겁니다. 딴 놈들이 못 넘보게."

청월은 다시 한 번 입을 맞춘 뒤 산을 올랐다. 그는 산 정상에서 조금 떨어진 봉우리에 자리를 잡았다.

무각을 제외하면 천하맹주와 가장 가까운 곳이었다.

"슬슬 시작해 볼까?"

청월은 손을 비비며 자리를 이탈했다.

죽음을 보지 않았다면 물론 태평하게 자연을 만끽했을 것이다.

하나 지금은 그럴 여유가 없었다.

모두가 평화에 취했더라도 그만큼은 바짝 정신을 차려야 했다. 그는 기척을 죽이며 천천히 산 중턱을 향했다.

'이쯤이라고 했는데?'

청월은 주변을 꼼꼼하게 살폈다.

그가 찾고 있는 것은 커다란 떡갈나무였다.

그것은 단순한 나무였지만 어쩌면 위기를 타파할 이정표가 될 수도 있었다.

청월은 한참을 헤맨 끝에 나무를 발견했다. 하마터면 기쁨의 감탄을 뱉을 뻔했다.

'이제 다 온 거나 다름없지.'

청월은 나무를 등지고 백 보 정도를 더 걸었다.

정리되지 않은 오솔길을 지나니 작은 굴이 나왔다. 이곳이 바로 일운산에 숨겨진 자연 동굴이었다.

휘이이이이잉.

입구에 서자 싸늘한 바람이 옷을 흔들었다.

그가 동굴에 대해 파악한 것은 나흘 전이었다.

흑룡회와의 접선일과 장소가 결정된 뒤 잠시 외출을 했던 것이다.

그는 인근 마을을 돌며 일운산에 대한 정보를 모았다.

그 결과 산 중턱에 작은 굴이 있음을 발견했다.

'굴을 타고 가면 백강지방으로 빠질 수 있지.'

청월의 얼굴에 만족스런 미소가 피었다.

이 굴은 다름 아닌 위기를 구해줄 대피로 같은 것이다.

만약 누군가가 술수를 부린다면 산 중턱을 지킨 뒤 굴로 피신하면 된다.

즉, 빠져나갈 구멍을 하나 만들어 놓은 것이다.

그는 장소를 한 번 더 확인한 뒤 자리로 복귀했다.

이제 그가 할 수 있는 건 부디 별일이 없기를 비는 것뿐이었다.

봉우리로 돌아가던 청월.

'이건… 뭐지?'

바람 소리 같은 것이 가까워지고 있었는데 자세히 들어보니 휘파람 소리였다.

휘파람은 듣는 이의 어깨를 들썩이게 만들 만큼 경쾌했다.

아마도 흑룡회의 무사가 먼저 자리 와서 자리를 잡은 듯했다.

몇 걸음을 더 나아가니 나무에 기댄 중년인이 보였다.

그는 멋들어진 콧수염을 길렀는데 팔짱을 낀 채 휘파람을 불고 있었다.

"내 자리에 새파랗게 어린놈이 있네?"

중년인이 피식 웃으며 청월을 응시했다.

정상과 가까울수록 무공이 뛰어난 사람이 배치되는 법이

다. 그러니 청월의 솜씨가 그만큼 만만치 않다는 뜻이다.

"안녕하십니까? 청월이라고 합니다."

"오냐. 나는 파흑권 우영진이다."

두 사람의 시선이 교차했다.

무림인이라면 피할 수 없는 탐색전이 펼쳐진 것이다. 침묵이 깊어지는 가운데 우영진이 운을 뗐다.

"청월이라면 네가 그 쌍검술을 쓰는 놈이냐?"

"네."

청월이 짧게 답했다.

"우락부락한 놈일 줄 알았는데 직접 보니까 딱 서생이구나. 네가 보기에 내 인상은 어떠냐?"

"솔직히 말해도 됩니까?"

"우린 초면인데다 앞으로 볼 일도 없을 것 같구나. 막말을 해도 좋다."

"콧수염을 단 너구리 같습니다."

청월의 말에 우영진이 멍한 표정을 지었다.

그는 곧 배꼽을 잡고 낄낄거렸다. 진심으로 즐거워하는 표정이었다.

"이런 말을 한 건 네가 두 번째다."

"그거 영광이군요."

"암. 그렇고말고."

우영진이 작게 고개를 끄덕였다. 두 사람의 얼굴에 미소가
피어올랐다.

'재미있는 사람이군.'

청월은 속으로 중얼거렸다. 흑도 사람이라고 해서 차갑고
말수가 없을 거라 생각했다. 하지만 그의 생각은 선입견일 따
름이었다.

"심심하니까 수다라도 떨까?"

"마다할 이유가 없죠."

두 사람은 나란히 서서 이야기를 주고받았다.

정도와 흑도에 관한 심도 있는 이야기부터 각종 신변잡기
까지.

그들의 대화는 끊어질 줄 모르고 이어졌다.

특히 우영진이 재치 있는 말을 섞었기에 웃음도 간간히 터
졌다.

"너희 일행 중에 소림의 땡중이 있지?"

"그건 왜 물으시죠?"

"뭐, 딴 건 아니고."

우영진이 뒷머리를 긁으면 딴청을 부렸다.

"가능하면 비무라도 한 번 해보고 싶어서 말이다. 이 어르
신의 별호가 파흑권 아니냐? 그러니까 누구의 권이 더 센지
끝장을 보고 싶다는 거지."

"대사님의 권은 만만치 않을 텐데요."

"오호. 너 중놈이랑 붙은 적이 있냐?"

우영진이 눈을 빛내며 물었고 청월은 고개를 끄덕였다.

화룡천에게 시간을 벌어줄 때 잠시 합을 나눴기 때문이다.

그때 맞았던 백보신권에 위압감은 아직도 몸에 남았다.

"야. 그럼 너 나랑 붙자."

"네? 갑자기 그런……."

"네가 싸워보고 판단을 하면 되잖아. 중놈이 센지 내가 센지 말이야."

우영진이 막무가내로 밀어붙였다.

그의 흉흉한 눈빛은 당장에라도 권을 토해낼 것 같았다.

"진정하시죠. 지금은 그런 자리가 아니니까."

"…알았다."

의외로 포기도 빠른 우영진이었다.

그는 휘파람으로 경쾌한 노래 한 곡조를 뽑아냈다.

이를 듣고 있자니 자연스럽게 어릴 적이 떠올랐다.

청월도 아이들과 놀 때 비슷한 노래를 흥얼거린 적이 있었다. 반복되는 가락이 단순하고 중독성이 있었다.

"만약에 말이야. 양쪽에 일이 잘 풀린다고 하면."

우영진이 뜸을 들인 뒤 말을 이었다.

"언제 시간이 되면 우행으로 오라고. 천마객잔이 단골인데 거기 오면 내가 거하게 쏠게."

"우행이면 너무 멀지 않나요? 만약 안 계시면요?"

청월이 되물었다.

우행이라면 흑룡회의 세력권인데 이곳 일운산에서도 제법 거리가 있었다.

"일단 오기만 하면 못 볼 일이 없어. 나는 거기 하루 종일 있는 인간이니까 말이야."

우영진이 껄껄 거리며 웃었다.

두 사람은 한차례 대화를 마치고 침묵을 지켰다.

천하맹과 흑룡회가 무려 삼십 여년 만에 회담을 가지는 날이다.

하늘도 이를 아는지 고요하고 평화로운 날씨를 유지했다.

가능하다면 팔베개를 하고 낮잠을 자고 싶을 정도였다.

휘이이이이이잉.

바람 한줄기가 두 사람을 스치고 지나갔다.

산에 있다 보면 언제든지 맞을 수 있는 시원한 바람이었다.

하나 이를 맞은 두 사람의 표정이 딱딱하게 굳었다.

"너도 느꼈냐?"

"네."

두 사람은 시선을 교차한 뒤 몸을 일으켰다.

그들을 스치고 간 바람은 그냥 바람이 아니었다. 비릿한 혈향을 담은 바람이었다. 두 사람은 너 나 할 것 없이 신법을 밟아나갔다.

반각 뒤 그들 앞에 믿을 수 없는 광경이 펼쳐졌다.

싸움이 벌어지고 있었다.

피가 흐르고 살점이 튀는 끔찍한 싸움이 벌어지고 있었다.

날카로운 비명은 끊어질 줄 몰랐으며 날카로운 쇳소리도 귀를 때렸다.

"막아라. 측면이 뚫렸다."

"지원이 올 때까지만 버텨."

천하맹과 흑룡회의 무사가 싸우고 있었다.

평소와 다른 점이라면 그들이 서로 싸우는 것이 아니라 함께 싸우고 있다는 점이었다.

그들의 상대는 다름 아닌 강시였다.

시퍼런 안광을 뿜어내는 악강시들 말이다.

강시의 수는 족히 팔십은 되어 보였는데 파죽지세로 산을 오르고 있었다.

"이게 어떻게 된 일이죠?"

청월의 시선이 우영진을 향했다.

강시라고 하면 당연히 흑도를 의심할 수밖에 없었다.

"나도 몰라. 우린 악강시는 취급 안 한다고."

"…일단 급한 불부터 끄죠."

"알았다."

두 사람이 벼락처럼 돌진했다. 그들은 각자 무사들의 진형 좌우를 맡았다.

'역시 마령교에 수작인가?'

청월을 얼굴을 찌푸리며 검을 뽑았다.

샤르릉 하는 맑은 소리가 오늘따라 맑게 퍼졌다.

자세히 보니 악강시는 흑룡회의 무사까지 공격하고 있다. 그 말인즉 강시를 다루고 있는 건 흑룡회가 아니라는 것이다.

"다들 물러서요."

청월은 강시와 독대를 한 뒤 목을 꺾었다.

악강시는 강시 중에서도 강력한 축에 속했다.

검기가 없다면 상처를 내는 것조차 불가능했으며 독을 뿜어내는 다가 먼 거리에선 손톱을 쏘아내기도 했다.

뭉치면 뭉칠수록 강한 것이 그들이었다.

"한 번에 끝내주마."

청월의 신형이 감촉같이 사라졌다.

이윽고 날카로운 바람 줄기가 강시들을 덮치기 시작했다.

천풍섬을 제외하면 최고의 비기라 할 수 있 십사식(十四式) 신풍섬(神風閃)을 펼친 것이다.

쒜에에에엑.

강력한 풍압과 함께 허공이 무작위로 베어졌다.

검기를 머금은 새파란 검격은 절대무적이었다. 강시들은
이를 견디지 못하고 추풍낙엽처럼 쓰러졌다.

"말도 안 돼."

"악강시를 이렇게 간단하게 처리하다니."

무사들이 입을 쩌억 벌렸다.

청월의 신위에 감탄하고 만 것이다.

이십구의 악강시는 반각도 버티지 못하고 전멸했다.

청월이 활약하는 사이 우영진도 착실하게 강시를 정리했
다.

그가 권을 펼칠 때마다 강시들의 복부에 뻥하고 구멍이 뚫
렸다.

"잡것들이 짜증나게 하네."

우영진이 얼굴을 구겼다.

그는 날아드는 손톱을 튕겨낸 뒤 힘껏 땅을 밟았다. 공력이
담긴 발동작에 지면이 거북이 등처럼 갈라졌다.

"파류천권!"

낭랑한 외침과 함께 주먹이 뻗어졌다.

동시에 주먹 끝에서 무시무시한 권경이 토해졌다. 그 일격
으로 강시 일곱 구의 머리가 수박처럼 터졌다.

일각 뒤 무사들을 괴롭히던 강시들이 전멸했다.

하지만 승리에는 커다란 상처가 뒤따랐다.

공터에는 피와 무사들의 시체가 널브러졌으며 역한 냄새가 스멀스멀 피어올랐다.

죽은 자는 말이 없었고 산 자도 괴로울 따름이었다.

"대체 어떤 새끼들이야?"

우영진의 이마에 핏줄이 솟았다. 그는 흑룡회 무사들이 죽은 것을 보고 노기를 분출했다.

"아마… 마령교의 짓이겠죠."

"마령교? 그 새끼들이 또 간 큰 짓을 벌였다고?"

청월은 답변을 하지 않았다.

지키지 못한 무사들의 목숨이 가슴을 찔렀던 탓이다. 일행이 잠시 숨을 고르는 사이 전령 하나가 헐레벌떡 공터로 들어섰다.

흑룡회 쪽의 전령이었다.

"큰일 났습니다."

"여기 꼴이 안 보여? 더 큰일이 어디 있다는 거야?"

"그게……."

박력에 눌렸던 전령이 입술을 꼭 깨물었다.

"더 큰일입니다. 어쩌면 모두가 여기서 죽을 수도 있습니다. 모두 저를 따라오세요."

전령은 그렇게 말하고 앞장서기 시작했다.

그를 따라 도착한 곳은 산 중턱 아래에 전망대였다.

특이하게도 전망대에는 흑룡회와 천하맹의 무사들이 모두 모여 있었다.

각자의 위치를 지켜야 할 이들이 한데 뭉친 것이다.

"다들 뭐하는 거……."

우영진은 말을 다 잇지 못했다.

시야에 거대한 무언가가 잡혔기 때문이다.

청월 역시 이를 확인하고 경악을 금치 못했다. 산 초입부터 강시들이 몰려오고 있었다.

그들은 마치 먹이에게 돌진하는 개미떼처럼 바글바글했다.

언뜻 봐도 삼백은 되어 보이는 악강시.

이를 지켜보는 무사들은 그 장관에 압도되어 입도 뻥긋하지 못했다.

"이거… 어떻게 한다?"

우영진이 난감하다는 표정으로 청월을 응시했다.

얄궂은 운명이었다.

흑룡회 무사인 그가 가장 믿을 수 있는 게 청월뿐이었으니까 말이다.

"제게 한 가지 방도가 있습니다."

"그게 뭐냐?"

"산을 벗어날 대피로를 알고 있습니다."

청월이 설명을 이었다.

그는 산 중턱에 자연동굴이 있다는 것, 그곳이 백강지역으로 이어짐을 말했다.

"부탁드립니다. 천하맹에 무사와 흑룡회에 무사를 대피시켜주세요."

"그거야 어렵지 않은데. 너는 어쩔 셈이냐?"

"저는 정상으로 올라가 보겠습니다."

"정상?"

유영진이 놀라 되물었다.

대피를 해도 모자란 판에 산을 오를 건 뭐란 말인가.

"마령교는 분명 맹주님과 회주님도 노리고 있을 겁니다. 양 세력에 수장이 무너진다면 중원이 흔들리겠죠."

"…알겠다. 두 분을 잘 모시고 오거라."

유영진이 청월의 어깨에 손을 얹었다. 그의 표정에 비장함이 묻어났다.

"네가 두 분과 복귀할 때까지 버텨주마. 무슨 수를 써서라도."

"감사합니다. 그럼."

청월의 신형이 화살처럼 쏘아졌다.

그는 신법을 밟으며 무서운 속도로 정상을 향했다.

맹주에게 드리운 죽음을 반드시 물리치고 말리라. 머릿속에는 오로지 그 생각만이 가득했다.

*　　　*　　　*

　일운산 정상 청로봉.

　맹주와 청연화는 막 고개를 넘어 천로봉에 도착했다.

　천로봉은 나무 한 그루 없는 휑한 공터였는데 바람이 불 때마다 붉은 먼지가 휘날렸다.

　정상 벼랑 끝에는 한 중년인이 서 있었다.

　그는 뒷짐을 진 채로 있다가 두 사람에게 시선을 돌렸다.

　짙은 눈썹과 매처럼 날카로운 눈빛.

　곰 같은 풍채에서 나오는 위압감은 그의 정체가 무엇인지 알려주었다.

　흑룡회주 만천악.

　그는 귀살문 출신으로 각개 약진하던 사파를 통합한 입지전적인 인물이었다.

　계략은 물론 수하를 다루는 일에도 능통했고 절기인 혈운적사장은 강철마저 녹인다고 알려졌다.

　"천하맹주 백담천이오."

　"흑룡회주 만천악이오."

　두 사람은 통성명을 한 뒤 침묵을 지켰다.

놀랍게도 정사파를 대표하는 그들의 만남은 이번이 처음
이었다.

청성파에서 혼약이 오갔을 때조차 맞대면을 한 적은 없었
다.

터벅터벅.

만천악이 걷기 시작했다.

그의 걸음이 멈춘 곳은 청연화와 오 보 정도 떨어진 곳이었
다.

만천악은 오랫동안 청연화를 응시했다. 그녀를 향한 시선
과 표정에 매우 복잡한 감정들이 스쳤다.

"네가 청연화인가?"

"그렇습니다."

"최고장로와 천하맹 서찰을 통해 들은 것이 있다. 모두 사
실인가?"

"그렇습니다."

그녀의 대답에 만천악의 얼굴이 일그러졌다.

이 계집으로 인해 피붙이가 죽고 말았다.

또한 천하맹과 흑룡회 사이의 간격도 나락처럼 깊어졌다.
화가 나지 않는다고 하면 거짓말이었다.

우우우우우웅.

손이 빛나기 시작했다.

그의 손은 피로 물든 것처럼 진해졌으며 약간의 떨림도 있었다. 하지만 거기까지였다.

만천악은 곧 공력을 거두고 본래의 표정을 되찾았다.

주위를 짓누르던 압박감도 단박에 사라졌다.

"이제 와서 죄를 물어도 소용없겠지."

"회주님을 뵐 면목이 없습니다."

"됐다. 이제 네 이야기는 더 듣고 싶지 않다."

만천악의 시선이 백담천에게 옮겨졌다.

"그나저나 먼 길을 오느라 아주 고생이 많았겠습니다."

만천악의 말투에 가시가 박혔다.

천하맹에서 흑룡회에 세력권까지 넘어온 것을 에둘러 지적한 것이다.

"…그렇게 됐군요."

"언젠가 한 번은 봐야 한다고 생각했는데 어쩌면 잘된 걸지도 모릅니다."

만천악이 고개를 끄덕였다.

본래 위기와 기회는 종이 한 장 차이였다. 이번 만남이 전화위복이 될 줄은 누구도 모르는 일이다.

잠시 침묵이 이어지는데 백담천이 운을 뗐다.

이제부터는 본론으로 들어가야 할 시기였다.

"천하맹에 전갈은… 보셨습니까?"

"물론입니다."

"이제 천하맹과 흑룡회가 다툴 이유는 없습니다. 모든 일의 원흉인 마령교를 섬멸하는 것이 최우선입니다."

백담천이 말했다.

두 세력이 싸워봐야 이득을 보는 것은 마령교뿐이었다.

만약 그들이 전면전이라도 치를 경우엔 중원이 마령교의 손에 떨어지게 되리라.

"동감합니다."

만천악도 망설임없이 대답했다.

알아본 결과 마령교에 전력은 무시할 수 없을 만큼 강대해졌다.

충분히 중원을 넘볼만함 힘을 갖춘 것이다.

천하맹과 싸웠다가 뒤통수를 맞는다면 회복하기 힘들었다. 정적이 깊어지는 가운데 만천악이 먼저 운을 뗐다.

"하지만 말입니다."

"……"

"이번 습격은 도저히 넘어갈 수 없습니다. 흑룡회의 문파 두 곳이 무너졌습니다. 패도를 숭상하는 흑룡회에서 이를 묵과한다는 것은 있을 수 없는 일입니다."

"그 점은 충분히 이해하고 있는 바입니다."

백담천은 그렇게 말하고 품속의 서찰을 꺼냈다.

만천악은 이를 받아 들고 천천히 읽기 시작했다. 내용이 뜻밖이었던 지라 눈이 휘둥그레졌다.

"이거… 진심입니까?"

"맹주의 이름을 걸고 약속드립니다. 게다가 목숨을 잃은 무사들의 가치를 생각하면 이것도 모자라지요."

백담천이 차분히 대답했다.

그가 건넨 서찰에는 앞으로 일 년 내 흑룡회에게 건넬 보상품이 적혔다.

거기에는 각종 비급과 영약, 그리고 금전등이 포함되었다.

"회주님께서도 명분이 필요하시겠지요? 천하맹과 전면전을 벌였다간 마령교를 감당할 수 없고. 천하맹을 묵과하자니 연합의 결속이 흔들릴 테니까 말입니다."

"……."

"이 정도면 명분이 되실 겁니다. 천하맹이 머리를 숙이는 그림이 되었으니."

"확실히 이 정도라면……."

만천악이 고개를 끄덕였다.

맹주가 약속한 보상품을 사용하면 문파 두 곳을 재건하는 건 일도 아니었다.

또한 마령교에 위협도 잠재해 있으니 반대파의 의견을 누를 수도 있었다.

"이번 습격은 이렇게 넘어가도록 하죠."

"그럼 이제 마령교에 관해서……."

백담천은 말을 잇지 못했다.

이곳을 향하는 무시무시한 기척을 느낀 것이다. 상대가 뿜어내는 공력을 보면 아예 스스로를 드러내기로 작정한 것 같았다.

이윽고 일곱 명의 인원들이 정상에 도착했다.

"내 이야기를 하니까 간지럽군."

진무홍이 귀를 후볐다. 그는 장난스런 표정으로 백담천과 만천악을 응시했다.

"네… 네놈이 여길 어떻게?"

"설마 저자가 마령교주입니까?"

두 사람은 경악하고 말았다.

회담 장소는 대체 어떻게 알고 찾아왔단 말인가. 간자가 있지 않는 한 그런 일은 불가능했다.

"정사파에 수장을 뵙는데 선물이 빠질 수 없지. 기대하는 게 좋을 거야."

진무홍이 양팔을 쭉 뻗었다. 그러자 후방에 있던 마제필이 무언가를 그의 손에 얹었다. 이를 확인한 두 사람은 얼굴이 붉게 달아올랐다.

그들은 당장에라도 진무홍에게 달려들 듯했다.

"자, 이건 천하맹주 선물. 그리고 이건 흑룡회주 선물이
다."

진무홍이 웃으며 손에 든 것을 던졌다.

휘이이이익.

바람 소리와 함께 선물이 허공에 날았다. 그러나 이를 보는
두 사람의 표정은 석상처럼 딱딱했다.

그것이 호위무사들의 목이었던 탓이다.

맹주에게는 무각의 머리가, 회주에게는 음천악에 머리가
날아들었다.

"어째서 자네가……."

맹주는 피가 날정도로 입술을 깨물었다.

권제인 그가 이렇게 허무하고 참혹하게 당할 줄이야.

불과 반 시진 전만 해도 대화를 나눴던 무각이다. 수십 년
지기 벗을 이렇게 떠나보내게 될 줄은 몰랐다.

그는 무각에 부릅뜬 눈을 감겨주었다.

"이놈들."

참담한 것은 만천악 역시 마찬가지였다. 그의 몸에선 어느
새 시꺼먼 공력이 샘솟고 있었다.

싸늘한 정적이 감도는 가운데 한 인물이 움직였다.

그는 다름 아닌 청연화였다.

그녀는 진무홍에게 다가간 뒤 그의 입술에 입을 맞추었다.

"……."

"……."

충격에 충격이었다.

정사파를 모두 배신한 것이 청연화였을 줄 누가 상상이나
했겠는가.

"제 손에 두 번이나 놀아나는 걸 보니 중원이란 땅도 싱겁
네요."

그녀의 얼굴에 환한 미소가 감돌았다.

천하맹주와 흑룡회주가 경악하는 모습을 보니 가슴속에서
희열이 차올랐다.

바로 이 벅찬 순간을 위해 그간에 고통도 마다하지 않았다.

"잘도 속였군."

"반대로 하면 잘도 속은 거죠. 아닌가요?"

"요망한 계집이 함부로 입을 놀려?"

만천악이 먼저 나섰다.

그가 손을 뻗자 광풍과 함께 장력이 뻗어 나갔다. 혈룡장에
십초식인 혈룡만풍이었다. 장력은 금방이라도 청연화를 먹
어치울 듯했다.

"쓸데없는 짓을."

진무홍의 얼굴에 냉소가 어렸다. 그는 공력을 담은 손짓으
로 장력을 튕겨냈다.

쿠우우우우웅.

폭발음과 함께 장력이 충돌한 돌벽이 산산조각이 났다.

"흐으으음."

만천악이 신음을 뱉었다.

진무홍의 무위가 보통이 아님을 느낀 것이다. 절기는 아니었지만 꽤나 힘을 준 공격이었다. 그것이 너무 쉽게 막히고 말았다.

"너는 그 아이에게 가봐라."

"알겠습니다."

청연화가 공터를 벗어났다.

휘이이이이잉.

차가운 바람이 산 정상을 훑고 지나갔다. 그들은 침묵 속에 서로를 응시할 따름이었다. 먼저 움직인 것은 진무홍 쪽이었다.

그는 검지를 세운 뒤 운을 뗐다.

"이렇게 한자리에 모여 줘서 고맙다."

"……."

"찾아서 죽이는 수고를 덜었으니까. 마지막으로 한 가지 더 말해 줄게 있는데 말이야."

진무홍이 웃으며 말을 이었다.

그의 표정은 악마가 현신한 것처럼 잔혹하기 짝이 없었다.

"지금 천하맹은 쑥대밭이 돼 있을 거야. 폭강시을 보내놨거든. 본 대가 빠졌으니까 피해를 무시할 수 없겠지. 크크크큭."

"그런 말도 안 되는……."

백담천의 얼굴이 종이처럼 구겨졌다.

폭강시의 살상력은 그가 몸서리칠 만큼 강력했다.

한 구만 터져도 무사 열 명쯤은 우습게 황천으로 떠났기 때문이다.

"너희는 다음 차례니까 단단히 기대하고 있어."

진무홍의 시선이 만천악에게 옮겨졌다.

천하맹뿐만 아니라 흑룡회도 무너뜨리겠다고 장담하는 것이다. 만천악은 모멸감으로 인해 몸이 터져 나가는 것만 같았다.

"네놈을 갈갈이 찢어놓겠다."

"할 수 있다면 해보시지."

진무홍이 냉소를 지은 뒤 검지로 두 사람을 가리켰다.

드디어 척살명령이 떨어진 것이다.

여섯 명의 귀존은 억눌렀던 공력을 터뜨리며 두 사람에게 쇄도했다.

정사파의 수장을 상대하건만 위축된 모습은 전혀 없었다.

"아무래도… 만날 때를 잘못 잡은 모양입니다."

백담천의 얼굴에 씁쓸한 미소가 어렸다.

진무홍이 나타난 이후론 모든 것이 엉망이 돼버렸다.

감정은 쉴 새 없이 곤두박질쳤으며 결국엔 죽을 위기까지 맞았으니 말이다.

"기왕 이렇게 된 거 좋게 생각합시다."

"……."

"이런 때가 아니면 언제 등을 맞대고 싸우겠습니까?"

만천악은 그렇게 말하고 백담천의 등 뒤에 섰다.

적에 합진을 견디는 기본적인 진형을 짠 것이다. 지금은 함께 적을 상대하지 않으면 안 됐다.

"무사히 돌아간다면 술이나 한 잔 기울입시다."

"그거 반가운 소리군요."

두 사람의 검이 동시에 빛을 뿌렸다.

*　　*　　*

타다다다닥.

청월은 달리고 달렸다.

발은 땅에서 떨어질 줄 몰랐고 시선은 청로봉에서 떨어질 줄 몰랐다.

'서두르지 않으면…….'

청월은 자신도 모르게 입술을 깨물었다.

악강시를 대규모로 동원했다는 건 마령교가 이번 습격에 사활을 걸었다는 뜻이다.

즉, 천하맹주조차 빠져나올 수 없는 덫을 쳤다는 셈이다.

막아내지 않으면 안 됐다.

코앞에 닥친 정사파의 평화를 위해서라도, 맹주의 죽음을 막아내지 않으면 안 됐다.

바람처럼 질주하던 청월.

그는 저 앞에서 무언가가 접근하고 있음을 느꼈다.

"청 소저인가?"

청월은 속도를 줄이고 그녀를 향했다. 청연화 역시 땀에 흠뻑 젖은 채로 신법을 밟고 있었다.

정상에 있어야 할 그녀가 다급히 하산한다는 것.

이것은 좋은 징조로 받아들일 수 없었다.

"무슨 일이 있는 건가요?"

그녀의 어깨를 붙잡고 물었다. 청월의 목소리는 어느새 필사적인 기운을 띠고 있었다.

하나 청연화는 아무 말도 하지 않았다.

그저 눈물이 글썽한 시선으로 청월을 쳐다볼 따름이었다.

"마령교의 강시가 산을 장악했어요. 꾸물거리고 있을 시간이 없어요."

"청월 공자. 사실은……."

청연화가 울먹이며 몸을 기대왔다.

그런데 그 순간이었다. 청월은 보지 말아야 할 것을 보고야 말았다.

눈물이 가득한 눈가와 달리 그녀의 입가엔 매우 환한 미소가 떠올랐던 것이다.

묘한 이질감을 느끼는 가운데 그녀가 완벽하게 품에 안겼다.

푸우우욱.

차가운 이물질이 옆구리를 관통했다. 시큰한 통증과 함께 사지에 힘이 빠져나갔다.

"어… 어째서?"

청월은 얼굴을 찌푸리며 무릎을 꿇었다.

그는 도저히 지금 상황을 이해할 수 없었다. 어째서 청연화가 그에게 비수를 꽂는단 말인가.

간신히 고개를 드니 청연화가 싸늘하게 그를 내려다보았다.

여태껏 한 번도 보지 못했던 모습이었다.

그가 알던 청연화가 나비라면 지금에 청연화는 냉혹한 거미와 다를 바 없었다.

"어떻게 피한 걸까?"

그녀의 물음은 청월이 아닌 스스로에게 묻는 듯했다.

청연화는 한참 고민하다가 작게 고개를 끄덕였다.

"내 표정을… 본 것 같군요. 마지막까지 확실했어야 되는데."

그녀가 혀를 차며 말했다

그사이 청월이 간신히 몸을 일으켰다.

이상한 낌새를 차리고 비수를 피한 것은 맞았다. 하지만 관통당한 옆구리도 무시할 순 없었다. 비도를 뽑아내니 새빨간 피가 쏟아졌다.

정신이 아찔하고 손끝이 떨리는 걸 보며 독도 발라진 것 같았다.

"청 소저… 어째서?"

"대답은 충분히 되지 않았나요? 당신이 들고 있는 비도로 말이에요."

청연화가 웃으며 말을 이었다.

"난 처음부터 마령교주의 여인이었어요. 당신은 날 빼냈다고 생각했겠지만 사실은 독거미를 집에 들인 거예요."

"그럼 지금까지 모습은……."

"하나부터 열까지 다 연기예요. 공자가 사람을 쉽게 믿는 편이라 속이기 쉬웠죠."

청연화의 말이 망치가 되어 머리를 때렸다.

청월은 경악하여 아무런 말도 할 수 없었다.

그녀가 마령교의 끄나풀이라면 청월이 한 행동은 모두 무의미했다.

아니, 오히려 중원을 구렁텅이로 본 것이나 다를 바 없었다.

'맹주님이 죽고 흑룡회주마저 죽는다면.'

생각을 더 잇기조차 버거웠다.

그렇게 되면 상상도 못할 결과가 펼쳐지고 만다.

기둥을 잃은 양쪽 세력은 마령교에게 휘둘릴 가능성이 농후했다.

주력병력이 빠진 상태니 기습에도 취약해질 것이다.

"고마워요, 청월 공자. 당신 덕분에 일이 더욱 쉽게 풀렸어요."

"……."

청월은 아무 말도 하지 않았다.

단지 옆구리를 관통한 비도를 바닥에 던졌을 따름이다.

지면에서 부르르 몸을 떠는 비도가 자신처럼 초라해 보였다.

"…거짓말이죠?"

청월이 고개를 흔들며 말했다.

중독으로 인해 입술이 보랏빛을 띠었으며 가늘게 떨고 있었다.

하지만 지금은 중독과 상처로 인한 아픔보다 신뢰가 깨진 아픔이 더 컸다.

청연화와 함께 생사고락을 나누었던 사십여 일.

그 모든 것이 조각나서 가슴을 찔러왔다.

"거짓말이라고 해줘요. 마령교주가 목숨을 위협해서 날 습격한 거라고 그렇게 말해줘요."

"아직까지도 미련이 남았나요?"

청연화가 한심하다는 표정으로 응시했다.

두 사람의 시선이 한동안 허공에서 충돌했다. 침묵이 짙어지는 가운데 그녀가 먼저 움직였다. 청연화는 대답 대신 비수를 흩뿌렸다.

휘이이이익.

다섯 자루의 비도가 바람을 갈랐다.

그들이 내뿜는 날카로운 파공성만으로도 청월은 충분한 대답을 들었다.

그녀는 더 이상 중원 통합을 꿈꾸는 가냘픈 여성이 아니었다. 척살해야 할 적이었을 따름이다.

샤르릉.

맑은 소리와 함께 두 자루의 검이 빛을 뿜어냈다.

청월의 쌍검이 독수리처럼 허공을 장악했다. 주인을 만난 선풍검은 그야말로 쾌도무쌍이었다. 그들은 비도를 간단하게 튕겨냈다.

"나를 가지고 논 대가를 치르게 해주지."

청월의 얼굴에 노기가 서렸다.

"바보 같은 소리 말아요. 멍청하게 걸려든 당신이 잘못이죠."

"속은 쪽이 잘못이다. 그건 나쁜 놈들이 가장 잘 쓰는 말이지. 뻔뻔한 소리를 잘도 지껄이는군."

"상처받은 남자의 모습. 역시 꼴불견이군요.

청연화는 그렇게 말하고 품에 있던 구슬을 바닥에 던졌다.

그러자 쿵 하는 소리와 함께 뿌연 연기가 주변을 감쌌다. 연기는 청월이 그녀의 기감을 느끼지 못하도록 했다.

"나보다는 맹주를 챙기는 편이 좋을 거예요."

냉랭한 비웃음과 함께 청연화가 자취를 감췄다.

청월은 그제야 정신이 번쩍 들었다. 그가 승산을 했던 건 천하맹주를 구하기 위함이 아닌가.

타다다다닥.

청월의 발이 불을 뿜었다.

그는 신법을 극성으로 펼치며 청로봉을 향했다.

그의 이마에선 땀이 비 오듯 흘렀으며 낯빛은 밀랍처럼 새하얗게 변했다.

독이 퍼지면서 몸 상태가 악화되는 것이다.

하지만 무엇보다도 아팠던 곳은 가슴이었다.

청연화의 배신으로 인해 가슴이 두 쪽 나고 말았다. 상처에 선 시린 아픔이 흘렀고 그녀가 했던 차가운 말들은 이를 더욱 벌려놓았다.

맹주를 구해야 한다는 일념이 없었다면 아마 그는 진작 폭발하고 말았으리라.

'일단 맹주님에 안위를 살핀다. 그게 최우선이야.'

청월은 흐릿해지는 의식을 붙잡으며 달렸다.

일각 정도 달렸을까.

먼 곳에서 엄청난 공력들이 충돌하고 있었다. 바람결에는 희미하게 매화향이 묻어나는 것도 같았다.

아직 맹주가 살아 있는 것이다.

"…최악이군."

청월은 상황을 파악하고 얼굴을 구겼다.

정상에는 그야말로 기라성 같은 인물이 모여 있었다. 좋은 쪽으로든 나쁜 쪽으로든 모두 말이다.

천하맹주와 흑룡회주는 등을 맞댄 채 적의 공격에 맞섰다.

반면 마령교주를 비롯한 여섯 귀존은 쉴 틈 없이 합공을 펼쳤다.

그야말로 창과 방패의 한판 대결이라고 볼 수 있었다.

그들이 펼치는 초식은 어디에서도 볼 수 없는 진귀한 것이었으며 또한 경천동지할 만큼 강력했다.

이를 지켜보는 청월의 눈이 휘둥그레질 만큼 말이다.

'이대로는… 승산이 없어.'

청월은 맹주의 상태를 살피며 고개를 저었다.

맹주의 실력이 뛰어난 것은 주지의 사실이다.

문제는 적들 역시 엄청난 고수들이라는 것, 개중에 마령교주 진무홍이 포함됐다는 것이다. 지금 상태라면 반각 안에는 둘 다 쓰러지고 말리라.

청월은 기척을 숨긴 채 주변에 은신했다.

적은 아직 그의 존재를 모르고 있었다. 그러니 결정적인 순간에 난입할 생각이었다.

전세를 읽던 청월.

그의 눈이 순간 독수리처럼 빛났다.

'지금이다!'

검을 휘두르자 새파란 검강들이 무수히 쏟아졌다.

검강들이 지면을 두들기면서 폭음과 함께 흙먼지가 주변을 감쌌다.

조용하던 산 정상은 금세 아수라장이 되고 말았다.

"이건… 뭐지?"

"당황하지 말고 대열을 정비해."

귀존들이 진열을 가다듬는 사이 청월이 벼락처럼 쏘아졌다.

그는 쾌풍신법을 밟으며 적과의 거리를 좁혔다.

귀존들이 그 정체를 알아차렸을 때는 이미 때가 늦었다.

"쌍룡섬."

선풍검이 춤을 추기 시작했다.

두 자루의 검이 귀존을 길게 베어냈다.

검격에 당한 두 귀존이 비명을 지르며 쓰러졌다.

그들의 가슴은 금방 피바다가 되었으며 전투불능에 빠졌다. 하지만 청월의 공격은 거기서 끝나지 않았다.

마령교주까지 따돌리려면 더 큰 사건이 필요했다.

"놀이는 지금부터 시작이지."

청월은 선풍검을 지면에 박아 넣은 뒤 공력을 불어넣었다.

천도지체의 힘이 끓어오르자 선풍검이 비명을 지르기 시작했다.

쿠르르르르릉.

땅이 무너졌다.

굳건하던 지면이 갈라지면서 새까만 아가리를 벌렸다.

자리에 있던 이들은 모두 황급히 자리를 뜰 수밖에 없었다.

[저를 따라 오세요.]

청월은 두 사람에게 전음을 보낸 뒤 달리기 시작했다. 그들은 금세 청월에 뒤로 따라 붙었다.

"청연화가 실패한 건가? 한 방 먹었군."

진무홍은 청월을 보며 얼굴을 일그러뜨렸다.

설마 이런 결정적인 순간에 훼방을 놓을 줄이야.

그는 남은 귀존을 이끌고 추적을 시작했다. 어차피 쥐새끼
들에게 희망은 없을 테니까.

한편 청월 일행은 무서운 속도로 하산하고 있었다.

땅을 무너뜨린 것으로 반각에 시간을 벌었다. 이것을 최대
한으로 활용해야 했다.

"이곳은 이미 마령교도들에게 점령당했습니다. 서둘러 피
하지 않으면 안 됩니다."

청월은 앞서가면 간단하게 현 상황을 전했다.

이를 들던 백담천과 만천악은 동시에 신음을 뱉었다. 습격
의 규모가 생각보다 컸기 때문이다. 아주 오래전부터 오늘을
기다렸음이 분명했다.

"이놈들… 절대로 가만두지 않겠다."

만천악이 이를 뿌득뿌득 갈았다.

같은 흑도라 해도 그들의 행동은 옹졸하기 짝이 없었다.

"산을 장악했다고 하면 도망칠 곳도 없는 것 아닌가?"

"아닙니다. 제가 미리 봐둔 장소가 있습니다. 그곳을 이용
하면 희생을 최소화할 수 있어요."

말을 하는 사이 중턱에 있는 굴에 도착했다.

굴 주변은 그야말로 아비규환이었다.

강시들과 무사들의 시체가 한데 엉켜 산을 이루었고 바닥에는 피가 강물처럼 흘렀다.

비릿한 냄새와 함께 울려 퍼지는 비명은 흡사 이곳이 지옥이 아닌가 의심할 정도였다.

"오호. 왔냐?"

청월을 발견한 우영진이 미소를 띠었다.

그는 몇몇 무사와 함께 강시들을 격퇴 중이었다.

한껏 피를 뒤집어쓴 모습이 수라를 연상케 했다. 청월과의 약속대로 힘껏 굴을 지키고 있었던 것이다.

"혈사만천."

"매화청죽."

"광풍난무."

세 사람은 합을 맞춘 것처럼 초식을 펼쳤다.

이로 인해 굴 주변에 강시들이 낙엽처럼 쓰러졌다. 오십의 강시가 동시에 쓰러지는 것은 장관이 아닐 수 없었다.

"징그럽군."

백담천의 시선이 먼 곳을 향했다.

도륙을 했음에도 달려드는 강시의 수가 더 많았다. 이들이 교주와 합세하게 된다면 도저히 감당할 방법이 없었다.

"먼저 출발하세요."

"그게 무슨 소리지?"

만천악이 어깨를 으쓱했다.

"모두가 피신할 때까지 시간을 벌겠습니다. 마지막에 입구를 막고 들어갈 게요."

"자네 혼자서는 무리야. 그것도 중독된 상태로는 더더욱 불가능한 일이지."

"아닙니다. 제게 기회를 주세요."

청월이 간청했다.

마령교가 본격적인 이빨을 드러낸 상황.

이런 급박한 상황에서 백담천과 만천악이 죽는 건 있을 수 없었다. 시간은 청월 스스로가 벌지 않으면 안 됐다.

휘이이이이잉.

싸늘한 바람이 일행을 흔들고 달아났다.

일행들은 모두 잘 알았다.

청월이 자신을 희생해서 시간을 벌려고 한다는 것을.

적을 상대하면서 굴을 무너뜨리고 거기다 본인의 안위까지 챙긴다는 것.

그것은 실제적으로 불가능한 일이었다.

"게다가 제게는… 책임이 있으니까요."

청월이 쓴웃음을 지으며 침묵을 깼다.

죄스러웠다.

천하맹은 물론 흑룡회에 있는 무사들에게도 미안했다.

청연화를 데려오지 않았다면 상황이 이렇게까지 번지지 않을 수 있었다.

즉, 마령교에게 습격을 받은 건 청월 때문일지도 몰랐다.

침묵이 짙어지는 가운데 우영진이 나섰다. 그는 피식 웃으며 청월의 어깨에 손을 얹었다.

"나도 함께하지. 혼자서 싸우면 외롭잖아."

"우 형님."

"안 죽으면 되는 거잖아. 그치?"

대화를 나누는 사이에도 적과의 거리는 무섭게 가까워졌다.

강시들은 이제 백 보 거리를 돌파했으며 진무홍 일행도 보이기 시작했다.

"그럼 다들 출발하시죠."

청월은 검을 빼 들고 정면을 응시했다.

의식이 흐려지는 가운데 백예린의 얼굴이 떠올랐다.

그녀를 한 번이라도 더 볼 수 있다면 여한이 없을 것 같았다.

그런데 바로 그때였다.

"아무래도 그건 안 될 것 같군."

백담천이 재빠르게 접근했다.

그는 청월의 뒷목을 치고 혈을 짚었다.

맹주의 기습에 청월은 꼼짝도 할 수 없었다. 이를 악물었지만 그럴수록 시야가 뿌옇게 흐려졌다. 입이 꼬여서 말도 제대로 할 수 없었다.

그 와중에 확실하게 볼 수 있던 건 죽음뿐이었다.

맹주의 몸에 드리운 새까만 죽음들. 그것들은 만개를 하기 위해 모든 준비를 끝낸 상황이었다.

'결국… 이런 건가?'

청월은 절망감을 느끼며 눈을 감았다.

의식이 연기처럼 뿌옇게 흐려졌다.

"……."

"……."

너무 갑작스럽게 벌어진 일에 모두가 당황했다.

침착함을 유지하고 있는 건 오로지 백담천과 만천악뿐이었다.

"이 아이를 챙겨주시죠."

"…그럴 만한 가치 있는 청년입니까? 당신의 목숨을 버려도 될 만큼?"

"물론입니다."

백담천이 망설임없이 대답했다. 그는 쓰러진 청월을 보며 따스한 미소를 지었다. 이 아이를 위해 죽는 것도 결코 아깝지 않았다.

청월은 자신보다 큰 그릇이 되어 중원을 품게 될 것이다.

다만 안타까운 것은 그날을 자신의 눈으로 보지 못하게 되는 것뿐이었다.

"이자를 챙겨서 떠난다. 서둘러."

"저도 남겠습니다."

"죽고 싶은가?"

만천악의 말에 우영진의 얼굴이 새파랗게 질렸다. 그는 곧 청월을 들쳐 메고 어두운 동굴 속으로 사라졌다.

이제 입구에 남은 것은 백담천과 만천악뿐이었다.

"천하맹을 잘 부탁합니다."

"알겠소. 내 반드시 천하맹과 함께 마령교를 물리치리다."

만천악은 그렇게 말하고 자리를 떠났다.

쿠르르르르릉.

백담천이 검강을 쏘아내자 입구가 무너지기 시작했다. 희뿌연 먼지가 몰아닥치는 가운데 돌가루와 바위들이 굴을 봉쇄했다.

이것들을 치우고 거리를 벌이려면 마령교도 꽤나 애를 먹으리라.

"예린이를 부탁한다."

백담천의 마지막 말이었다.

그는 자신이 가진 모든 것을 쏟아부어 마령교도들을 막아
냈다.

그리고 삼십 일이 지났다.

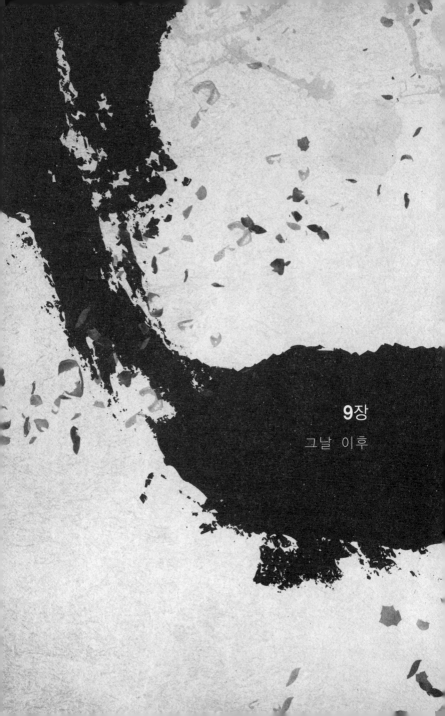

**9**장

그날 이후

또르르르르.

술이 잔을 타고 흘렀다.

향이 흐르면서 코를 찌르는 독한 냄새와 비린내가 방을 메웠다.

진무홍은 말없이 잔을 응시했다.

투명한 잔 속에 있는 빨간 술.

그것은 중원에서 유일무이한 혈주였다. 그것도 흑룡회 잔당들의 피로 빚은 혈주 말이다.

술잔을 단번에 입에 털었다.

비릿한 맛과 더불어 알싸한 향이 코끝을 찔렀다.

맛은 좋다고 할 수 없었지만 이를 들이켜는 기분만큼은 극상이었다.

적의 피를 술로 빚어 먹는 기분을 범인들은 알지 못하리라.

"멈출 수가 없군. 크크큭."

진무홍은 나발을 불어 혈주를 모두 들이켰다.

그는 곧 창가로 향했다.

창문을 여니 차가운 바람이 옷자락을 흔들었다. 하늘은 어두웠으며 커다란 먹구름이 무리 지어 달려오고 있었다.

어쩌면 오늘 중으로 불청객이 찾아올지 몰랐다.

먹구름이 낀 날엔 항상 좋지 않은 일이 벌어졌으니까. 그는 창밖 건물들을 보며 생각에 잠겼다.

"혼자 다 마신 건가요?"

정적이 깨짐과 동시에 청연화가 일어났다. 그녀는 옷으로 나신을 가린 뒤 곁에 섰다.

"너무해요. 같이 마시기로 약속해 놓고선."

"마시다 보니 어쩔 수가 없더군."

"당신은 항상 그런 식이요."

청연화가 피식 웃으며 그의 어깨에 머리를 기댔다.

"결국 여기까지 왔군요."

청연화가 혼잣말을 하듯 중얼거렸다. 그녀의 시선이 발밑에 놓인 건물들을 훑었다.

두 사람이 있는 곳은 구 흑룡각이었다.

흑룡회에 업무를 총괄하며 흑룡회주의 집무실이 있던 곳이었다.

마령교가 흑룡회를 장악한 이후부터 마령각이 되었지만 말이다.

"머지않았어요. 중원이 당신 아래 놓이는 것도."

그녀가 진무홍의 허리를 감싸며 말했다.

일운산에서 접선하던 천하맹과 흑룡회.

그들을 습격한 이후부터 마령교는 발 빠르게 움직였다. 그들의 첫 번째 목표물은 다름 아닌 천하맹이었다.

그들은 강시를 이용해 천하맹 병력에 삼 할을 처치했다.

전면전은 무리가 있기에 강시를 내보낸 것이다.

수적인 열세는 있었지만 장소가 좁았던 탓에 천하맹도 별 힘을 쓰지 못했다.

게다가 비장에 무기로 숨겼던 폭강시의 활약도 큰 몫을 했다.

무엇보다도 결정적인 역할은 백담천이 맡았다.

"믿을 수가 없어. 거짓말이야."

"이럴 수가. 이런 말도 안 되는 일이.

맹주의 목이 전달되면서 천하맹에 사기는 급속도로 떨어졌다.

무리의 대들보가 목숨을 잃었으니 얼마나 큰 충격이었겠는가.

현재 천하맹은 간신히 세력을 규합하고 마령교를 막고 있었다.

흑룡회의 상황은 천하맹보다 더욱 심각했다.

"개놈들. 결코 용서하지 않겠다."

평화회담이 끝난 후 흑룡회주는 이를 갈며 복귀했다.

마령교에게 두 번이나 농락을 당했던 탓이다. 분기탱천한 그는 당장에라도 마령교를 씹어 먹을 듯했다.

하나 그를 기다리고 있던 것은 차가운 죽음뿐이었다.

그가 자리를 비운 사이, 적인목이 마령교의 병력과 함께 흑룡회를 단숨에 장악했던 것이다.

"감히 네가… 나를."

"원망은 하늘에서 하시죠. 크크큭."

적인목은 흑룡회주를 암습하여 죽였다. 또한 복귀한 정예에 일부를 흡수하고, 일부를 처단했다.

본래 힘을 숭상하는 흑도무리다.

흑룡회의 수뇌부와 무사는 마령교의 지배를 쉽게 수긍했고 병력 오 할이 마령교로 흘러들었다.

중원에 대세가 그야말로 마령교가 된 것이다.

"아직 방심할 때는 아니야."

"당신 입에서 그런 말이 나올 줄은 몰랐네요."

"뭐든 일이든 마찬가지야. 끝날 때까지는 끝난 게 아니지."

진무홍이 작게 고개를 끄덕였다.

가슴속에 꺼지지 않은 불길함이 존재했다. 그런데 이상하게도 그 정체를 알 수가 없었다.

암흑 속에 파묻힌 그것은 종종 심기를 불편하게 만들었다.

침묵이 불어나는 가운데 청연화가 운을 뗐다.

"한 번 더 안아줘요."

"…지금은 안 되겠어."

진무홍은 장포를 걸친 뒤 그녀의 어깨를 밀었다.

생각이 난 김에 가볼 곳이 있었다. 지금쯤 얼굴을 봐두는 게 좋은 인물이 존재했다.

장포를 휘날리며 걷던 진무홍.

그의 발걸음이 멈춘 곳은 다름 아닌 감옥이었다.

"교주님을 뵙습니다."

문지기들이 무릎을 꿇어 인사했다. 그들은 별말 없이 감옥문을 열었다.

끼이이이익.

불쾌한 쇳소리가 귀를 때렸고 한줄기 빛이 내부를 밝혔다.

감옥 안에는 한 여성이 포박되어 있었다.

가느다란 팔다리에는 커다란 족쇄가 채워졌는데 주변의 피부가 빨갛게 부어올랐다.

"거처는 마음에 드나?"

진무홍이 피식 웃으며 말했다. 그럼에도 상대는 아무런 대답도 하지 않았다.

아니, 할 수 없었다는 것이 더 옳았다.

"혀를 깨물려고 하는 바람에 재갈을 물려놨습니다."

"바로 깨우겠습니다."

문지기의 말에 진무홍은 됐다는 손짓을 했다.

어차피 제대로 된 대화를 하려고 찾아온 게 아니었으니까 말이다.

"탐나는군."

그의 눈이 여성에 전신을 훑었다.

초췌한 상태에서도 아름답다는 표현이 아깝지 않았다. 과연 그 녀석이 좋아해도 이상하지 않을 여인이다.

가만히 그녀를 보고 있자니 흑심이 솟구쳤다.

진무홍은 본래 아름다운 것을 부수는 것을 좋아했다.

가치 있는 것이 가치 없는 것으로 화(化)하는 순간. 그 나락으로 떨어지는 찰나를 즐겼다.

"크크큭. 나쁠 건 없겠어."

진무홍이 여인과 거리를 좁혔다.

그의 눈은 어느새 탐욕으로 물들어 있었다.

방금 전 청연화와 몸을 섞었지만 정욕은 조금도 사그라지지 않았다. 그녀의 육체도 그놈과의 관계도 무너뜨리고 말리라.

하지만 바로 그때였다.

손이 여인에게 닿으려는 순간 전령이 나타났다. 진무홍의 얼굴이 종잇장처럼 구겨졌다.

"무슨 일이냐?"

"화룡천이 선전포고를 했습니다."

"자세히 말해보아라."

"그것이… 교주님과 일대일 비무를 펼치고 싶다고 시위 중입니다."

전령이 눈치를 보며 설명을 이었다.

반 시진 전 화룡천이 흑룡회의 입구인 멸겁문에 나타났다.

그의 요구사항은 단 하나였는데 교주와 무공실력을 겨루고 싶다는 것이었다.

물론 이를 받아줄 마령교가 아니었다.

"흑룡회가 무너지더니 정신이 나간 모양이군."

"교주님께 알리지 말고 처리해라."

귀존들은 의논 끝에 화룡천을 몰래 처리하기로 했다.

그런데 그는 좀처럼 쓰러지질 않았다.

보낸 무사들을 족족이 죽였으며 귀존들조차 그를 상대하느라 쩔쩔맬 수밖에 없었다.

치고 빠지는 솜씨가 귀신같았기에 포위가 불가능했던 탓이다.

"그놈은 아직도 얼쩡거리고 있나?"

"네, 교주님과 싸울 때까지는 물러서지 않겠다고 합니다."

"재미있는 놈이군. 가자."

진무홍이 피식 웃으며 감옥을 벗어났다.

한 식경 정도 걷자 멸겁문이 모습을 드러냈다.

멸겁문은 말 그대로 문(門)자 모양의 기둥이 선 공터였다.

그것은 본래 흑룡회에서는 존재하지 않던 것으로 그에 명령에 따라 세워진 곳이다.

특이한 점이라면 문의 기둥부터 꼭대기까지 목이 걸렸다는 점이다.

거기에는 흑룡회를 비롯해 천하맹 무사들이 다수 있었는데 의미는 간단했다.

마령교에 저항하는 자는 모두 죽는다.

멸겁문은 그러한 의미를 온몸으로 뿜어내고 있었다.

"교주님을 뵙습니다."

귀존들을 비롯해 무사들이 무릎을 꿇었다. 그리고 슬금슬금 교주에 눈치를 보았다.

심기를 건드렸다가는 멸겁문에 자신의 목을 걸어야 할지도 몰랐다.

"저놈이 화룡천이군."

진무홍이 중얼거렸다.

서생 같은 사내가 기둥에 몸을 기대고 있었다.

휘파람까지 부는 것이 마치 제 안방에서 쉬고 있는 것처럼 보였다.

흑룡회 최강 무사에 강단.

그것은 결코 만만하게 볼 것이 아니었다.

"수라마인을 푼 뒤 잡아놓겠습니다."

수라검 용해가 황급히 말을 꺼냈다.

그들이 보고를 올린 건 화룡천을 감당하지 못해서가 아니었다.

다만 생각보다 일이 커질 것 같아서 보고를 한 것뿐이었다.

물론 상대가 최강에 무사라는 부담은 있다.

하지만 이곳은 마령교에 본진이었고 무사들은 물론 귀존들까지 눈을 부릅뜨고 있었다. 어떤 경우에도 화룡천에게 당할 일은 없는 것이다.

"드디어 교주가 납셨군. 설마 여기까지 와서 꽁무니를 뺄 생각은 아니겠지?"

화룡천이 한마디 했다.

그로 인해 귀존을 비롯한 무사들의 얼굴이 흙빛이 되었다.

"저놈을 당장에……."

"수라마인 이백을 투입해라."

귀존들이 일갈을 쏟아냈지만 진무홍은 이를 모두 물렸다. 그의 시선은 어느새 화룡천에게 고정되어 있었다.

"됐다. 저자는 내가 상대한다."

"교주님!"

귀존들이 다급하게 외쳤다.

"저 녀석의 술수에 말려들면 안 됩니다."

"혹여나 옥체에 해라도 입게 되신다면 저희가 감당할 수 없습니다."

"닥쳐라!"

진무홍이 싸늘한 시선으로 무사들을 훑었다.

그가 뿜어내는 공력이 삽시간에 주변을 장악해 나갔다. 진무홍은 수하들을 잠재운 뒤 멸겁문으로 접근했다.

백 보, 오십 보, 이십 보.

화룡천과의 거리도 가까워져 이제는 얼굴이 확연히 보였다.

두 사람은 팔짱을 낀 채로 서로를 응시했다.

냉기를 머금은 바람이 불어와 그들의 옷자락을 사정없이 흔들었다.

서로를 향한 시선에서는 꺼지지 않는 불꽃이 튀어 올랐다.

먼저 운을 뗀 것은 화룡천이었다.

"이건 너무 심하지 않나?"

화룡천의 검지가 멸겁문을 가리켰다.

죽인 자들에 목을 이렇게 대롱대롱 매달다니. 이것은 생전과 사후를 모두 능욕하는 것이었다.

"강한 자는 살고 약한 자는 죽는다. 중원은 원래 그런 곳이지."

"잘도 지껄이는군. 이간질이나 해서 물을 흐린 주제에 말이야. 패도를 숭상하니 뭐니 해도 결국엔 더러운 손으로 중원을 집어삼키겠다는 거 아닌가?"

"…일단 맞다고 해두지."

진무홍이 담담하게 말을 이었다.

"솔직히 놀랐다. 당신 같은 무사가 이런 모험을 할 줄은."

"……."

"나를 죽인다면 마령교에 기세는 곤두박질 칠 거고 흑룡회와 천하맹에게 기회가 가겠지. 하지만."

"하지만?"

"당신이 죽는다면 흑룡회는 다시는 일어설 수 없다. 그것도 알고 있겠지? 크크큭."

진무홍이 냉소를 토했다.

위기가 곧 기회고, 기회가 곧 위기라는 말은 지금 상황에 딱 들어맞았다.

멸겁문에 선 두 사람은 서로 도박을 하는 것과 다르지 않았다.

화룡천이 이기다면 재기의 발판을, 진무홍이 이긴다면 흑룡회의 멸망이 기다리고 있는 셈이다.

"아무래도 시험해 볼 필요가 있겠지."

샤르릉하는 소리와 함께 검이 검집을 빠져나왔다.

화룡천은 검을 분리한 뒤 양단세를 취했다.

공력을 뿜지 않고 자세를 잡은 것만으로도 강력한 위압감이 쏟아졌다.

"네놈에 그릇이 얼마나 되는지 말이야."

"…누가 누구를 시험한다는 거지?"

진무홍의 손이 붉게 달아올랐다. 혈혼십사장에 공력이 손을 감싼 것이다.

두 사람이 결전의지를 보이면서 상황은 폭풍전야가 되었다.

하나 긴장을 하고 있던 건 비단 그들뿐이 아니었다.

"넌 어떻게 생각하나?"

"뭐가?"

"화룡천하고 교주님에 싸움 말이야.

수라검 용해가 형상준에게 말을 걸었다.

그들의 한판 대결은 중원에 판세를 가를 정도로 중요했다.

귀존 입장에서는 그 결과에 따라 행동 방향이 달라질 수밖에 없었다.

"솔직히 잘 모르겠다. 예전에 화룡천이 싸우는 걸 봤는데. 인간이 아니었어."

형상준이 조심스럽게 말했다.

조금이지만 화룡천에게 손을 들어준 것이다. 그때 본 화려한 쌍검술은 아직도 뇌리에 남았다.

"인간이 아닌 건 교주님도 마찬가지야. 혈혼십사장을 극성으로 익힌 건 역사상 교주님뿐이라고."

용해가 반박했다.

귀존 중에서 교주의 실력을 제대론 본 것은 오직 그뿐이었으니까 말이다.

혈혼십사장이 극성으로 펼쳐지면 만년한철까지 녹아버리

고 만다.

이 가공할 장법은 누가 감당하랴.

그들이 대화를 나누는 사이 본격적인 전투가 시작되었다. 선수를 친 건 화룡천이었다.

"받아라!"

파공성과 함께 두 자루의 검이 춤을 추었다.

비기 중 하나인 천풍이섬을 펼친 것이다. 검은 열십자를 그리며 진무홍을 집어삼킬 듯했다.

"초반부터 그리 나오시겠다?"

진무홍의 입꼬리가 살짝 올라갔다.

그것은 비웃음이라기보다는 미소에 가까운 것이었다.

화룡천에 화끈한 공격이 내심 마음에 들었다. 탐색전이니 간보기니 하는 것은 성정에 맞지 않았다.

"오냐, 받아주마!"

진무홍은 피하지 않고 장법으로 맞섰다.

쿠우우우웅.

검과 장법이 충돌하면서 굉음이 터졌다.

두 사람을 중심으로 돌풍이 몰아닥쳤으며 흙먼지가 사방으로 번졌다.

일초식을 주고받았음에도 그것이 주변에 미치는 영향은 지대했다.

이후로 두 사람은 끊임없는 공방을 벌였다.

그들은 이미 인간의 경지를 넘은 듯했다.

현묘한 신법은 눈으로도 심안으로도 쫓기 힘들었으며 고도의 수 싸움에 단 한순간도 마음을 놓을 수 없었다.

"대단하군."

"나조차 아직 갈 길이 먼 건가?"

귀존들조차 이를 보며 넋을 잃었다.

두 사람의 전투를 보고 있자니 침 한 번 편히 삼키지 못했다.

잠깐 한눈을 판 것만으로도 승부가 결정 날 것 같았다.

그렇게 전투는 일각 가까이 이어졌다.

하나 승부는 도저히 끝날 기미가 보이지 않았다. 그들의 대결은 팽팽하기 그지없었는데 어느 한쪽에 우세도 점칠 수 없었다.

두 사람에 싸움을 비유하자면 호랑이와 거대한 독사의 싸움이라고 볼 수 있었다.

화룡천은 쌍검을 통해 저돌적인 공세를 펼쳤다. 호랑이가 날카로운 송곳니와 발톱으로 상대를 사냥하듯이 말이다.

반면 진무홍은 공격을 적당히 흘리며 기회를 노렸다.

뱀이 유려한 몸동작을 그리다가 적을 물어버리는 것처럼.

그사이 둘의 초식이 다시금 충돌했다.

채애애애앵.

날카로운 금속성과 함께 두 사람이 나란히 미끄러졌다. 본의 아니게 전투가 소강상태로 접어든 것이다. 그들은 오십 보를 두고 서로를 응시했다.

"네가 세 번째다. 나를 이 정도로 애먹인 건."

"세 번째라 왠지 찝찝하군."

진무홍이 키득키득 웃었다. 그의 하완부에는 기다란 검상이 있었고 핏줄기가 흘렀다.

"나 말고 너를 애먹인 놈은 누구지?"

"첫째는 천하맹주고 두 번째는 청월이라는 녀석이지."

"둘 다 면식이 있군."

진무홍이 작게 고개를 끄덕였다.

"한 놈은 내 손에 죽었고, 다른 놈도 곧 죽겠지만 말이야."

"……."

"마지막으로 기회를 주마."

"무슨 소리지?"

화룡천이 눈을 가늘게 떴다.

지금 상황에서 기회라니 무언가 상황에 맞지 않은 단어다. 두 사람의 시선이 교차하는 가운데 진무홍이 입을 뗐다.

"내 수하로 들어와라. 너까지 죽어버리면 중원이 너무 심심해질 것 같아서 말이야."

말과 동시에 싸늘한 침묵이 주변을 감쌌다.

뜻밖의 제의에 귀존들과 무사들도 빳빳하게 굳어버렸다. 당혹스러웠던 건 화룡천 역시 마찬가지였다.

그는 한참 진무홍을 보다가 얼굴을 구겼다.

"비위도 좋군. 그따위 헛소리를 할 수 있다니."

"헛소리라… 나는 헛소리를 별로 좋아하지 않는데 말이야."

진무홍이 웃으며 말을 이었다.

"넌 내 손에 죽게 되어 있어. 운명을 바꾸고 싶다면 일단 내 밑으로 들어와라."

"물로 귀라도 씻어야겠군. 아니, 물이 없으니 네놈의 피로 귀를 씻으면 되겠어."

화룡천은 단번에 진무홍의 제안을 걷어찼다.

진무홍은 천하맹과 흑룡회를 이간질한 악독한 놈이다. 이런 놈에 수하로 들어간다면 그 역시 같은 오명을 써야 하리라.

"스스로 복을 차다니. 멍청하기는."

"멍청한 건 오히려 너다. 이제 와서 목숨 구걸을 해도 늦었어."

"그 주둥이 언제까지 놀릴 수 있는지 보지."

말과 동시에 신형이 쏘아졌다.

진무홍이 공세로 돌아선 것은 처음이라고 볼 수 있었다.

그는 혈혼십사장에 오초식인 화룡승천을 펼쳤다. 새빨간 손바닥은 금방이라도 화룡천을 깨부술 것 같았다.

"어림없지."

화룡천은 검을 교차하며 장법을 막아냈다.

그런데 바로 그때였다.

무언가가 물감처럼 허공에 번지고 있었다. 그것은 다름 아닌 피였다. 진무홍의 피가 바람을 타고 날아온 것이다.

치이이이익.

피가 닿으면서 살이 타오르기 시작했다.

뜻밖의 공격에 화룡천의 자세가 무너졌고 진무홍은 그 틈을 놓치지 않았다.

장법은 단숨에 화룡천의 가슴팍을 후려쳤다.

"크으으으윽."

신음을 뱉으며 쓰러지는 화룡천.

진무홍은 그런 그를 보며 싸늘한 미소를 지었다. 그리고 손등에 난 상처를 혀로 핥았다.

독사처럼 악독한 모습이었다.

그는 혈혼심법에 뜨거운 기운을 피에 담아 뿌렸고 이것은 정확히 먹혀들었다.

"넌 너무 정직하게 싸워서 탈이야. 하지만 이젠 끝이다."

진무홍의 몸에서 공력이 솟구쳤다. 절기를 사용해 승부를 보려는 셈이다.

"파천혈사장."

쩌렁쩌렁한 외침과 함께 장력이 뿜어졌다.

장력은 거대한 뱀의 형상을 했는데 벼락처럼 화룡천을 향했다.

쿠우우우우웅.

장력이 화룡천을 집어삼키면서 폭음이 터졌다.

파천혈사장으로 인해 멸겁문 주변은 그야말로 쑥대밭이 되었다.

지면은 가뭄이 난 것처럼 갈라졌으며 흙먼지로 인해 한 치 앞도 볼 수 없었다.

"이럴 수가."

"교주님에 절기를 버티다니……."

귀존들이 경악했다.

절기에 직격당했음에도 화룡천은 생채기 하나 없었다. 다만 흙먼지를 뒤집어써 꼴이 우스울 따름이었다.

"제법이군."

진무홍의 얼굴에 비릿한 미소가 어렸다.

그는 망설임없이 화룡천을 향해 걷기 시작했다. 뒷짐까지 진 것이 동네를 산책하는 것 같았다.

두 사람의 거리가 좁혀지는 가운데 화룡천이 마침내 눈을 떴다.

그는 양단세를 취한 뒤 진무홍을 노려보았다.

"할 말은?"

"……."

"확실히 들어줄 테니까 해보라고."

"…생각… 하지 마라."

화룡천이 떠듬떠듬 말했다. 지금까지의 기백이 다소 꺾인 모습이었다.

"이걸로… 끝이라고… 생각하지 마라."

"크게 말해봐. 안 들리잖아."

진무홍이 더욱 거리를 좁혔다.

"교주님, 더 이상은 위험합니다."

"더 이상 거리를 좁히면……."

귀존들이 다급하게 말을 꺼냈다.

화룡천이 새파랗게 눈을 뜨고 있는데 저리 무방비해도 되는지 의문스러웠다.

하나 진무홍은 아랑곳하지 않고 오 보까지 거리를 좁혔다.

그야말로 엎어지면 코 닿을 거리가 된 것이다.

"유언은 그뿐인가? 싱겁군."

진무홍의 손이 허공을 훔쳤다.

그러자 핏줄기와 함께 화룡천의 목이 하늘로 치솟았다. 단

일수로 화룡천에 목숨을 앗아간 것이다.

　귀존들과 무사들.

　마지막으로 숨어서 전투를 보고 있던 흑룡회의 무사까지.

　모두가 경악하고 말았다.

　"이놈의 목을 멸겁문에 달아라. 그리고 마령교는 칠 일간
연회에 들어간다."

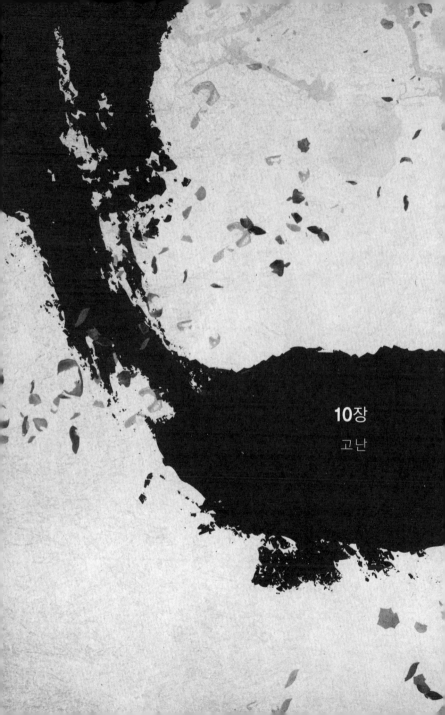

**10장**

고난

꿈이었다.

이건 꿈이었다.

매일같이 그를 괴롭히는 지독한 악몽.

이를 악물어 보아도 볼을 때려보아도 소용없었다. 꿈은 깨지지 않았고 오히려 거미줄처럼 그를 옭아맸다.

꿈속에는 매번 백담천이 나왔다.

그는 무너진 굴 앞에 섰으며 온몸에 피칠갑이 되었다.

입에서는 가쁜 숨이 터져 나왔으며 바들바들 떨리는 다리는 금세라도 주저앉을 것 같았다.

그의 발아래는 수없이 많은 강시가 있었고 주변에는 쓰러진 수 이상의 강시들이 존재했다.

"분전했다만 거기까지다."

진무홍의 탁한 목소리가 퍼졌다.

그는 피처럼 붉은 손을 하고 백담천을 향해 달려들었다.

매화검의 유려한 검선이 진무홍을 가로막았지만 소용없었다.

진무홍은 이미 백담천의 가슴팍에 파고들었다.

푸우우우우욱.

붉은 손이 가슴을 관통했다.

백담천은 억 소리 한 번 내지 못하고 바닥에 무릎을 꿇었다.

그가 안 된다고 비명을 질렀지만 그것은 조금도 백담천에게 닿지 못했다.

"으아아아아아악."

다시 한 번 지른 비명이 사방으로 퍼졌다.

청월은 그제야 간신히 악몽에서 벗어났다.

그의 입에서는 가쁜 숨이 터졌으며 젖은 머리가 미역처럼 늘어졌다.

"아니야. 이건 아니야."

그는 꿈에 불쾌함을 떨치기 위해 고개를 저었다.

그가 꾼 것은 분명 악몽이었다.

청월은 기절해서 맹주의 최후를 보지 못했으니까 말이다. 하지만 웬일인지 그 모든 것이 생생하게 머릿속에 떠올랐다.

일운산을 떠난 이후부터 매일 밤마다 말이다.

"……."

청월의 시선이 문득 옆구리로 향했다.

그곳은 피부가 까맣게 죽어 있었는데 청연화에게 당한 상처였다.

물론 통증은 남지 않았고 후유증도 없었다.

다만 이를 볼 때마다 가슴 한편이 욱신욱신 쑤셨다. 가슴에 난 상처는 아마 평생 지워지지 않으리라.

정신이 몽롱한 가운데 삐걱하고 문이 열렸다. 모습을 드러낸 건 앳된 얼굴에 소년 진운이었다.

"형, 아침 다 됐어요."

"금방 갈게."

청월은 그리 대답하고 간단하게 세면을 했다. 간밤에 악몽을 씻어내기 위해 손에도 꽤나 힘이 들어갔다.

식탁으로 가니 고소한 냄새가 퍼졌다.

하얀 두부탕에선 김이 모락모락 일어났고 싱그러운 봄나물이 눈을 즐겁게 했다. 진령은 본래 아침상을 든든하게 차리는 편이었다.

"드세요."

진령이 미소를 지으며 말했다.

"잘 먹겠습니다."

"잘 먹겠습니다."

청월과 진운이 합을 맞춘 것처럼 대답했다.

함께 생활하면 이런 사소한 부분까지 닮게 되는 것이리라.

청월은 진운은 서로를 보며 피식 웃었다.

식사시간은 조용했다.

진운은 수저를 바쁘게 놀렸고 청월과 진령은 이런저런 생각을 하며 천천히 식사를 했다.

먼저 침묵을 깬 것은 진령이었다.

"안 좋은 일이라도 있으신 가요?"

"…딱히 그런 건 없는데요?"

"다행이네요. 사실……."

진령이 뜸을 들이다가 말을 이었다.

"밤사이 비명을 지르시는 일이 많아서요. 혹시 깊은 걱정거리가 있나 했어요."

"누나 말 잘했네. 형 때문에 시끄러워서 잠을 못 자겠어."

진운이가 한마디를 보탰다.

그는 쌜쭉한 표정으로 청월을 응시했다. 지금이야 어느 정도 적응을 했지만 처음에는 산적이라도 나타난 줄 알고 깜짝 놀랐다.

"…미안합니다."

청월은 한숨을 쉬며 답했다.

그는 뒤늦게 깨달았다. 자신의 비명이 비단 꿈에만 한정된 것이 아니었다는 것을.

"그런 이야기를 들으려고 말을 꺼낸 게 아닌데."

진령이 휘휘 손을 내저었다. 그녀의 볼은 어느새 화덕처럼 상기되어 있었다.

"형은 몰랐던 것 같은데? 그럼 말 잘한 거야."

진운이 고개를 끄덕이며 화제를 돌렸다.

"근데 형. 한 가지만 부탁해도 돼."

"뭔데?"

"혹시 나 검술 연습하는 거 도와줄 수 있어?"

진운의 눈이 반짝반짝 거렸다.

그는 칠 일 전부터 검을 익히고 있었다.

용돈을 모으고 모아서 낡은 검 한 자루를 구입했기 때문이다. 진령이 반대했지만 끝끝내 고집을 부렸던 그다.

"나는 안 돼."

"왜?"

"검을 배운 적이 있어야 가르치지. 다른 사람에게 배우는 편이 좋을 거야."

청월은 거짓말을 했다.

백담천이 죽고 일운산을 빠져나온 후 그는 결심했다.

이제 무림인이 아니라 평범한 사람으로 살아가겠다고 말이다.

그는 봉검의식을 행한 뒤 맹을 뛰쳐나왔다. 다시는 검을 잡는 일이 없을 것이다.

"정말? 형 도끼는 엄청 잘 다루잖아. 비슷한 느낌으로 가르쳐 주면 안 돼?"

진운이 다시 한 번 간청했다.

그는 청월이 벌목하는 것을 꽤나 인상 깊게 보았었다.

그런 방법으로 검을 다룬다면 나쁘지 않을 것 같았다.

"나무 쪼개는 거랑 검을 다루는 건 상당한 차이가 있어. 마을 어르신들께 배우는 게 좋아."

"칫. 매정하기는."

"사내대장부가 그러면 못 써. 곤란한 부탁하지 말고 스스로 해결해야지. 아득바득 우겨서 검을 산 것도 진운이 너잖니."

진령의 말에 진운이 입을 삐죽 내밀었다.

"하여간 좋아한다고 편들기는……."

"어머. 그게 무슨 소리니?"

"됐어. 난 나갈 거야."

진운이 토라진 표정으로 식탁을 떠났다. 물론 그릇은 깔끔하게 비어 있었다.

"오늘도 맛있게 잘 먹었어요."

청월도 식사를 끝냈다.

지금부터는 그도 일과를 시작하지 않으면 안 됐다. 식객인 이상 밥벌이는 해야 하지 않겠는가. 그는 낡은 도끼 한 자루와 커다란 천을 챙겼다.

"다녀오세요."

"네."

청월은 밝게 대답하고 집을 나섰다.

휘이이이잉.

차가운 바람이 볼을 스쳤다. 숨을 쉴 때마다 하얀 입김이 뿜어졌다.

봄이 깊어가고 있었지만 그가 머무는 목천지방은 아직도 추웠다. 계곡물은 항상 반쯤 언 상태였으며 음지에는 녹지 않은 눈이 쌓였다.

"그래도 다행이지."

그는 작게 고개를 끄덕였다.

날이 추운 덕에 제대로 밥벌이를 할 수 있었다.

아직 땔감을 찾는 집들이 많았던 탓이다.

한적한 산길을 걷고 있으니 절로 옛 생각들이 떠오르기 시작했다.

처음엔 밀쳐내려고 부단히 애를 썼지만 한 번 터진 기억은 좀처럼 멈출 줄을 몰랐다.

일운산에서 간신히 탈출한 이후.

청월은 거의 폐인이 되었다.

육체적인 상처가 아니라 마음의 상처 때문이었다.

"다… 나 때문이지."

그때를 생각하는 것만으로도 아픔과 슬픔이 밀려왔다.

우선 천하맹주인 백담천이 죽었다.

수십 년 동안 맹을 지켜왔던 기둥이 무너진 것이다. 더욱 고통스러운 건 청월이 그 죽음에 일조를 했다는 점이다.

그를 구하기 위해 좀 더 발 빠르게 힘을 썼다면.

애초에 청연화를 맹에 끌어들이지 않았다면.

맹주가 죽을 일은 없을 것이다.

'죽어야 할 건 맹주님이 아니라 저였습니다. 어째서 저를 살리시고……'

청월에 얼굴에 자조적인 미소가 어렸다.

백담천을 떠올릴 때마다 자책감이 가슴을 찔렀다. 부끄럽게 살아남았다는 생각도 지울 수가 없었다.

하나 청월의 아픔은 거기서 끝이 아니었다.

일운산을 대피한 무사들은 백강에 모여 인원파악을 했다.

그런데 거기에는 백예린이 포함되지 않았다. 청월은 하늘이 무너지는 느낌을 받았다.

"백 소저가 안 보이는데요?"

"그게 사실은……."

팽화련이 머뭇거리다가 말을 이었다.

그 말인즉 백예린이 청월을 돕겠다면 진열을 이탈했다는 것이다. 그리고 강시들이 쏟아지는 통에 결국 그녀를 놓쳤다고 했다.

"백 소저를 본 사람이 아무도 없나요?"

그는 무사들을 붙잡고 필사적으로 물었다. 하지만 누구도 백예린에 대한 소재를 알지 못했다.

"아……."

탄식이 절로 터졌다.

현기증으로 인해 몸을 가누지 못할 정도까지 되었다. 청월은 간신히 근처 나무를 붙들고 서 있었다.

균열이 간 가슴이 완전히 박살 나고 말았다.

마음의 기둥과 연인을 동시에 잃어버렸다.

청월은 상실감과 좌절감과 죄책감으로 인해 아무것도 할 수가 없었고 결국 맹을 떠나게 되었다.

"내가 없어도 잘하고 있겠지."

청월은 하늘을 보며 중얼거렸다.

그가 없다고 해서 천하맹이 무너지지 않을 것이다.

그저 전력에 약간에 공백이 생길 뿐이리라.

다만 아쉬운 것은 이제 지기의 얼굴을 볼 수 없다는 점뿐이었다.

이런저런 생각을 하는 사이 벌목장에 들어섰다.

그는 도끼를 쥔 뒤 나무 앞에 섰다.

퍼어어어억.

도끼가 움직이기 시작했다.   .

나뭇조각이 비늘처럼 떨어졌으며 복잡했던 생각과 감정도 떨어져 나가기 시작했다.

"그래. 이렇게 살면 되는 거야."

청월의 한마디가 메아리처럼 울렸다.


\* \* \*


그날 오후.

청월은 땔감을 한가득 끌고 마을을 향했다. 이제 남은 일은 이 수확물을 파는 것뿐이었다.

장터는 언제나와 같이 시끌벅적했다.

작은 마을이었지만 길이 잘 연결되어 사람이 많은 편이었다.

중앙 도로에는 갖가지 상점들이 늘어섰으며 마차들도 심심치 않게 보였다.

청월은 행상들이 있는 외곽에 자리를 잡았다.

"안녕하세요."

"그럼 안녕하다마다."

곁에 있던 만복이 피식 웃었다.

만복은 약초꾼이었는데 약방에 팔지 못한 약초들을 장에서 팔았다. 말솜씨가 워낙 좋았던 탓에 항상 해지기 전에 자리를 벗어나곤 했다.

"식사는 했고?"

"네, 든든하게 먹었습니다."

"근데 말이야. 자네 요즘 들어 근심이 많은 모양이야."

만복이 고개를 갸웃하다가 말을 이었다.

"그래서 말인데. 요거 한 뿌리 달여 먹는 건 어떤가? 산령초라는 건데 피와 머리를 맑게 해주는 효능이 있지. 특별히 자네에게는 엽전 한 냥만 받겠네."

"…저한테도 장사하시게요?"

청월이 피식 웃으며 물었다.

그와 대화를 나눌 때는 항상 긴장을 해야 했다.

만복은 이야기 끝을 항상 건강에 관련된 것으로 맺었다. 그리고 상대 건강을 걱정하는 척하며 약초를 팔았다.

그 과정이 물 흐르듯 자연스러웠기에 대부분 감촉같이 당하곤 했다.

"아… 아니, 그런 게 아니고. 자네가 걱정이 돼서 하는 소리지."

만복이 헛기침을 하며 발뺌을 했다.

대화를 나누는 사이 손님이 찾아왔다. 청월의 단골인 문정철이었다.

"땔감 좀 사러왔네."

"얼마나 드릴까요?"

"알면서 뭘 물어. 대충 절반 정도 주면 되네."

문정철이 어깨를 툭툭 치며 말했다.

그는 곧 자신이 가져온 포대에 땔감을 실고 자리를 떠났다.

개시를 한 이후 청월은 계속해서 손님을 받았다.

그가 팬 땔감은 무척 인기가 좋았는데 반듯한 것이 화로에 넣기 좋았기 때문이다.

"허허. 오늘은 나보다 일찍 들어가겠는데? 심술이 좀 나는군."

"그거야 두고 봐야죠."

"맞아. 첫 끗발이 개 끗발이라는 말도 있으니까. 그런데 말이야……."

만복이 뜸을 들인 뒤 말을 이었다.

"도끼질을 해서 그런지 손이 많이 거친 것 같군. 그럴 때는 이 화향초 가루를……."

"안 살 겁니다. 어르신."

"아니, 뭐. 꼭 사라는 이야기는 아닌데."

만복이 다시 천연덕스럽게 빠져나갔다.

장터에 나온 지 두 시진이 지났을 무렵.

청월은 챙겨온 땔감을 거의 다 팔았다. 소매를 만져보니 동전소리가 제법 짤짤했다. 이 정도면 오늘도 식객 역할은 충분히 한 셈이다.

"근데 그 이야기 들었어?"

"무슨 이야기?"

"근처에 마령교도들이 있다는데?"

지나가던 무사가 잡담을 나누었다. 마령교라는 이야기에 청월은 자신도 모르게 귀를 기울였다.

"아. 글쎄. 그놈들이 승천문을 멸문시켰는데."

"승천문을?"

"승천문이 없어졌으니까 이쪽은 뚫린 거라 다름없지. 자네도 항상 짐 꾸릴 준비를 하라고."

"허허. 정말 말세군 말세야. 근데 천하맹은 대체 뭘 하는 건가?"

행인이 불평을 토로했다.

"놀고 있지는 않겠지만 섣불리 움직일 수 없을 게야."

다른 행인이 설명을 이었다.

그 설명을 듣던 청월은 가슴이 철렁 내려앉았다. 맹의 상태가 예상보다 훨씬 심각했던 것이다.

청월이 떠난 후 천하맹은 급습을 당했다.

정예들이 빠진 사이 마령교가 본부를 쑥대밭으로 만든 것이다.

그들의 악행은 그뿐만이 아니었다.

인근에 있던 아미파와 점창파, 사천당가를 습격하여 멸문에 가까운 타격을 입었다. 그래서 현 무림의 서쪽 편은 마령교에, 동쪽은 천하맹에 세력권이 되었다.

"마령교가 흑룡회의 무사들까지 흡수했다고 하더군. 조만간 대대적인 습격을 하겠지. 맹주마저 죽은 마당에 천하맹이 무슨 힘을 쓰겠어."

"…좋은 시절도 다 끝난 건가?"

행인들은 한숨을 푹 내쉬며 거리를 떠났다.

청월은 그들을 한참 동안 보다가 고개를 저었다. 대화를 떨쳐 버리기 위해 귀를 털기까지 했다.

그는 더 이상 중원인이 아니었다.

그저 일상에 충실한 보통 사람일 뿐이었다. 중원 정세에 관심을 가질 이유가 하등 없었다.

"저기, 장작 좀 사러왔는데요."

마침 손님 한 명이 접근했다.

청월은 그에게 남은 장작을 모두 주고 장사를 접었다.

떨쳐 버린다고는 했지만 행인들에 대화가 계속 머릿속에 맴돌았다.

이 상태로는 제대로 된 일을 하기 힘들었다.

"아깝네. 방금 정도에 양이면 네 사람에게는 더 팔 수 있었는데."

문정철이 아쉽다는 듯 혀를 찼다.

그의 눈빛은 마치 그럴 거면 나라도 좀 챙겨 주지하고 힐난하는 듯도 했다.

청월은 뒷정리를 한 뒤 문정철을 향해 엽전 한 냥을 건넸다.

"이건 뭔가?"

문정철이 토끼 눈을 했다.

"아까 말한 거 주세요."

"뭘?"

"근심이 있을 때 먹으라고 했던 거요."

"아, 신령초를 말하는 거군. 탁월한 선택일세."

문정철은 배시시 웃으며 헝겊에 약초를 싸서 건넸다. 약초에서는 묘하게 꽃 냄새가 풍기기도 했다.

"근데 말이야. 산령초에 효과를 극대화하려면 산정삼 뿌리를 갈아 넣는데 좋은데 말이야."

"…끝까지 이러실 겁니까?"

청월의 눈초리가 매서워졌다.

문정철은 헛헛하게 웃으며 뒷머리를 긁적였다. 무안할 때면 예의 나오는 행동이었다.

"하하. 아니면 말고. 자네라서 특별히 많이 챙겼으니까 식구들하고 나눠 먹게."

"네."

청월은 그대로 마을 외곽에 있는 폐가를 향했다.

저녁시간이 됐으니 진운과 함께 복귀할 생각이었다. 그를 찾는 것은 어렵지 않았다. 우렁찬 기합 소리가 귀를 때렸기 때문이다.

"하아아아압."

진운은 검을 놀리고 있었다.

스승을 구하지 못했는지 혼자서 열심인 모습이었다.

땀에 젖은 이마는 축 늘어졌으며 추위에도 불구하고 얼굴이 붉게 상기되었다.

집중하는 모습이 보기 좋았기에 청월은 껴들지 않았다.

진운은 제법 멋을 내며 검을 휘두르고 있었다.

동작이 컸기 때문에 파공성도 흘렀으며 가상의 상대를 상정했는지 제법 발재간도 부렸다.

검술을 모르는 이가 본다면 꽤나 실력이 있다고 오해를 할지도 몰랐다.

하나 청월은 진운에 문제를 정확하게 꿰뚫어 보았다.

'이대로는 힘들겠는걸?'

자신도 모르게 혀를 찼다.

지금 상태로 수련한들 이류무사도 되지 못할 것이다. 기초를 탄탄하게 잡지 못하고 것 ㅎㅁㅓㅌ에 빠지면 심각한 난관에 봉착하리라.

진운은 이후로도 반 시진 가까이 수련을 했다. 그가 지쳐서 바닥에 주저앉았을 때 청월이 등장했다.

"이야. 집중력이 대단한걸?"

"…다 보고 있었어요?"

진운이 부끄러운지 혀를 내밀었다.

"그래. 너무 열심히 해서 말릴 수가 없더라."

"다음부터는 그냥 말해주세요. 기다리는 것도 지루하실 텐데."

"나도 할 일이 없어서 괜찮아."

청월인 피식 웃으며 화과자를 건넸다. 오는 길에 진운이 생각나 산 것이었다. 진운은 이를 받아 들자마자 게 눈 감추듯 먹어치웠다.

"헤헤. 맛있어요."

"그거 다행이구나. 힘들 테니까 조금 쉬었다 가자."

청월은 진운과 함께 폐가 마루에 앉았다.

뻥 뚫린 지붕 사이로 빨간 석양빛이 내려앉았는데 그 모습이 무척 운치 있었다.

두 사람은 한동안 말없이 이를 올려다보았다.

"갑자기 검술 연습은 왜 하는 거니?"

"갑자기는 아니구요. 전부터 계속하려고 벼르고 있었어요."

진운이 천천히 말을 이었다.

"돌아가신 아버지는 표국의 무사셨어요. 실력이 뛰어나진 않았지만 마을에서 유일하게 무공을 익힌 사람이었죠. 아버지는 항상 저와 누나에 자랑이었어요."

"…그랬구나."

청월이 일운을 보며 말했다.

마냥 밝은 아이라고 생각했건만 이런 그늘이 있는 줄은 몰랐다.

"아버지는 옛날부터 말했어요. 인생이란 건 얻는 게 아니라 잃어버리는 거래요. 시간이 지날수록 가진 것이 줄어들고 결국에는 가장 소중한 것만 곁에 남게 되는 거. 그게 인생이래요.

일운은 자기가 말하고도 객쩍은지 얼굴이 붉어졌다.

"아버님께서 좋은 말씀을 하셨구나."

"그죠? 아버지는 제 영웅이니까요."

일운이 뜸을 들인 뒤 말을 이었다. 그에 얼굴에 생기가 돌기 시작했다. 마치 검술 연습을 할 때처럼 활력 있는 모습이었다.

"근데 우리 아버지 이야기는 거기서 끝이 아니에요."

"그럼?"

"그 뒤로 제게 한마디 더 남기셨어요."

일운이 청월을 보며 말했다.

"소중하게 생각하는 건 무슨 수를 써서라도 지켜야 된대요. 그게 사내대장부래요. 그걸 못하면 불알 두 쪽을 떼야 된다고 말이에요. 헤헤."

"그… 렇구나."

청월의 목소리가 작아졌다.

왜 일까 일운의 말에 자신 있게 대답하지 못하는 자신은.

"형이 소중하게 생각하는 건 뭐예요?"

"나 말이니?"

청월이 당황하자 일운이 피식 웃었다. 그가 놀라는 모습을 처음 보았기 때문이다.

"그럼 제가 먼저 말할게요. 저는 누나예요. 사실 검을 든

것도 누나를 지키기 위해서요. 마을에 누나를 탐내는 놈들이
많거든요."

일운은 그렇게 말하고 검을 휘둘렀다.

그의 호기심 가득한 시선이 곧 청월에게 옮겨졌다.

"……."

청월은 아무 말도 하지 못했다.

과거의 아픔이 되살아나 가슴을 찔러댔던 탓이다.

맹주는 죽고 백예린은 행방불명이 되었다. 그토록 바라던
무림에 평화는 자신의 손으로 흩어놓았다.

최악이었다.

지키고 싶은 것이 모두 무너져 버렸으니까. 그리고 이제는
무언가를 지킨다는 것 자체가 두려워졌다.

아무리 발버둥 쳐도 고통뿐이라면 차라리 조용하게 사는
것이 좋으리라.

청월이 중원을 떠난 것도 그런 이유 때문이었다.

"형… 울어요?"

일운이 놀라서 물었다. 청월의 눈가가 어느새 붉어졌기 때
문이다.

"티끌이 들어가서 그래. 어서 들어가자."

청월은 일운을 달래 집으로 돌아갔다.

"누나, 우리 왔어."

"같이 왔니?"

"응."

진운의 말에 진령이 뛰쳐나왔다. 그녀는 청월을 보더니 밝게 웃었다.

"없던 사이에 손님이 오셨어요."

"손님이요?"

청월이 놀라 물었다.

소리 소문 없이 잠적을 했건만 별안간 손님이라니. 등줄기가 오싹해지면서 불길한 예감이 들었다. 설마 마령교에서 그를 찾기라도 한단 말인가.

"야산 계곡에서 기다린다고 하셨어요."

"알겠습니다."

청월은 그대로 산을 올라갔다.

밤이 깊어가면서 산자락에 완벽한 어둠이 드리웠다. 바람은 차가웠으며 부엉이 소리가 이따금 정적을 깨뜨렸다. 평소와 달리 으스스한 분위기였다.

'날 내버려둬. 제발.'

청월은 달을 보며 간절히 빌었다. 승산하는 마음이 물론 편할 리 없었다.

그는 지금의 안온한 생활이 좋았다.

다시는 검을 들고 싶지도 않았고 상처를 받고 싶지도 않았다. 가능하면 빨리 불청객을 쫓아버리고 싶었다.

반각 정도 걸으니 물소리가 들렸다.

드디어 약속장소에 도착한 것이다.

예상대로 손님은 뒷짐을 진 채로 계곡을 응시하고 있었다.

작은 체구에 기름으로 떡 진 머리.

낯익은 뒷모습에 청월은 가슴이 울컥했다.

"방주님."

청월의 말이 메아리처럼 산에 울렸다.

『불사지존』 6권에 계속…

이제부터 전자책은

# 이젠북

## www.ezenbook.co.kr

새로운 세계가 열린다!

한백림『천잠비룡포』　　천중화『그레이트 원』
좌백『천마군림』　　　　송진용『몽검마도』
현대백수『간웅』　　　　김석진『더블』
김정률『아나크레온』　　백연『생사결-영정호우』
임준후『켈베로스』　　　예가음『신병이기』
진산『화분, 용의 나라』　남운『개방학사』

**이름만 들어도 황홀할 정도의 별들의 향연!**
이들의 "유료연재"가 시작됩니다!

검색창에 **이젠북** 을 쳐보세요! ▼ 🔍

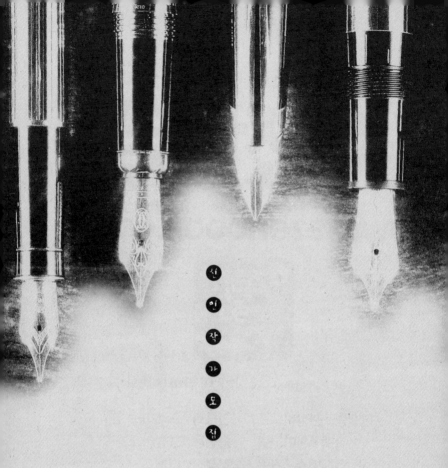

신 인 작 가 모 집

**시작이 반이라고 했습니다.**
**작가의 길에 대한 보이지 않는 벽을 과감히 깨뜨리십시오!**
**청어람은 작가 지망생 여러분들의**
**멋진 방향타가 되어드리겠습니다.**

저희 도서출판 청어람에서는
소설 신인 작가분들을 모집합니다.
판타지와 무협을 사랑하시는 분들의 많은 참여를 바랍니다.
소정의 원고(A4용지 150매)를 메일이나 우편으로 보내주시면
검토 후 출판 여부를 알려드리겠습니다.

**주소**:경기도 부천시 원미구 심곡2동 163-2 서경B/D 2F 우편번호 420-822
**TEL**:032-656-4452 · **FAX**:032-656-4453
http://**www.chungeoram.com**
**e-mail**:chungeoram@chungeoram.com

허담 新무협 판타지 소설

FANTASTIC ORIENTAL HEROES

수선경
水仙經

작은 샘이 바다로 모여들 듯,
만류의 법이 하나로 회귀하듯,
다섯 개의 동경이 드디어 하나로 모인다.

검을 만드는 사람과
검을 쓰는 사람,
그리고 검을 버리는 사람의 이야기!

천명을 타고 태어난 **청풍**과 **강검산**
그리고 혈로를 걸어온 살수 **타유**,
그들이 다섯 줄기의 피의 숙명과 마주한다.

Book Publishing CHUNGEORAM

유행이 아닌 자유추구 -
WWW.chungeoram.com

FUSION FANTASTIC STORY
천성민 장편 소설

# 짐승의 규칙

『무결도왕』, 『다크로드 블리츠』
천성민 작가의 신간!

짐승의 규칙

살아야만 했다.
나를 위해 희생당한 부모님을 위해.
복수를 위해.

죽여야만 했다.
내가 살기 위해 타인의 목숨을.

그렇게……
나는 짐승이 되었다.

Book Publishing CHUNGEORAM

유행이 아닌 자유추구─
**WWW.chungeoram.com**

이중민 판타지 장편 소설

# Mighty Warrior
## 영웅병사

복수를 다짐한 소년 병사.
붉은 제국을 향해 깃발을 세운다.

# 『영웅병사』

평온한 유년 시절을 보내던 비첼.
어느 날, 붉은 제국의 깃발 아래에 사랑하는 가족을 빼앗기고 만다.

### "도끼… 도끼라면 다룰 줄 압니다."

병사가 되고자 참가한 전쟁에서 소년은 점점 영웅이 되어 간다!

쓰러져가는 아버지의 등을 억하며,
아직 어린 소년으로서 도끼를 들고 붉은 제국과 싸우 위해 일어선다.

제국과의 전쟁에 스스로 뛰어든 소년.
병사, 비첼 빈센트.
이것이 영웅 탄생의 시작이다!

Book Publishing CHUNGEORAM

청어람에서 지적추구
www.chungeoram.com